당시 사계

唐詩 四季

겨울을 노래하다

당시 사계

唐詩 四季

겨울을 노래하다

冬

삼호고전연구회 편역

 도서출판 수류화개

머리말

유난히 초겨울부터 눈 소식이 잦다. 겨울 당시를 생각하다 눈 소식을 들으니 당나라 시인이 눈 내리는 풍경을 보면서 무슨 생각을 하고 어떤 감정을 느꼈을까 생각해보았다. 당나라 시인은 아니지만, 중국 문인이 경험한 이상적인 겨울 정경은 이렇지 않았을까? 예전에 읽은 책의 한 부분이 떠올라서 찾아보았다.

건륭 연간(1736-1795)의 겨울 어느 날, "서령팔가西泠八家(청나라 후기 절강에서 활약한 8인의 전각가)" 가운데 한 사람인 장인蔣仁(1743-1795)이 친구와 서호 근처 연천당燕天堂에 모여 시 읊고 술 마셨는데 어느새 황혼이 졌다. 정원에 나오니 한바탕 눈이 내리고 나서 막 갠 후였고 석양이 백색의 세계를 비추고 있어서 유달리 깨끗하고 투명해 보였다. 장인은 격정을 억누르지 못하고 술과 눈에 취해서 돌을 손에 쥐고 칼을 놀려 인장 하나를 새겼는데 다음과 같은 양각 네 글자였다.

"참된 물은 향이 없다.[眞水無香]"

— 주량즈朱良志, 《진수무향》

    하지만 현실을 돌이켜 보니 이러한 모습과는 전혀 다르다. 원래 계획은 이렇지 않았다. 부지런 떨어서 3개월에 한 권씩 출간하면, 1년 만에 '당시사계'를 끝낼 수 있을 것이다. 그런데 1년이 아니라 4년인가 5년인가? 시간이 흘러버렸다. '당시사계' 시리즈를 내려 한 의도가 무엇이었는지도 기억나지 않는다. 아마도 여러 가지 좋은 생각과 의도가 있었을 것이다. 이렇게 좋은 생각과 의도를 가지고 마음 맞는 동학이 모여도 사람 일이란 게 뜻대로 되지 않는다. 그러니 다른 일은 어떻겠는가!

    당나라는 중국 역사상 가장 번영한 시기로서 전성기였던 때도 있지만, 전란을 겪은 뒤에는 현실적으로 살아가기가 너무나 힘들었던 때도 있었다. 당나라 시는 이 모든 것을 그 안에 담고 있다. 중국 예술이 그렇듯이, 이렇게 대비되는 내용을 포함해서 다양한 것들을 담고 있으면서도 있는 그대로 드러내 보여주지는 않는다. 당나라 시인은 현실을 내면에서 충분히 예술적으로 성숙시켜서 정제된 언어로 드러내 보인다. 그러므로 당나라 시를 읽을 때는 짧은 시 구절에 표현된 언어의 사전적인 의미만 쫓아서는 안 된다. 이것을 기초로 해서 그 안에 함축된 것들을 능동적으로 풀어내는 노력이 따라야 한다. 복잡하게 얽힌 감정, 다양하게 떠올려지는 이미지들……. '당시사계'에 실린 '감상'은 이러한 노력의 한 가지 사례에 불과하다. 무한히 많은 가능한 감상이 있을 수 있다. 감각적인 것, 감성적인 것, 지식과 관련된 것, 철학적인 것……. 이러한 것이 많을수록 당나라 시의 매력은 더 커질 수 있고, 다시 다른 당나라 시를 찾아보도록 해 줄 것이다. '당시사계'가 당나라 시, 나아가서 중국의 다른 시기의 시를 찾아 나서는 계기를 제공할 수 있다면 더 바랄 것이 없겠다.

개인적으로는, 동양화 이론을 강의하는 사람으로서, 동양화의 이해뿐 아니라 동양화 창작에 영감을 줄 수 있으면 좋겠다는 생각도 있었다.

옛사람의 말처럼, 시는 형체가 없는 그림이고, 그림은 형체가 있는 시이다. 지혜로운 사람 대부분이 이 말을 했으니, 내가 본받을 말로 삼았다. 나는 한가할 때 진나라, 당나라 등 고금의 시편을 읽었는데, 그 가운데 사람 마음속의 일을 남김없이 표현한 훌륭한 구절이 있으면 눈앞의 풍경으로 꾸며내기도 했다. 그러나 고요히 바쁜 일 없이 지내고 밝은 창과 깨끗한 탁자가 있으며 향한 자루를 피우고 온갖 염려가 사라진 상태가 아니면 좋은 시

구절과 생각이 보아도 보이지 않고 그윽하고 아름다운 정취가 떠올리려 해도 떠오르지 않으니, 그림을 그리고자 하는 마음을 일으키는 것이 어떻게 쉬운 일이겠는가? 하지만 경계가 성숙되고 마음과 손이 호응할 때가 되면 비로소 종횡으로 휘둘러도 법도에 부합하고 모든 일이 순조로워진다.

길 따라 걷다가 물길 다한 곳에 이르러　　　　　　　行到水窮處,
앉아서 구름 피어오르는 것 바라보네.　　　　　　　坐看雲起時.

－ 당唐 왕유王維, 〈종남산 별장[終南別業]〉

봄 조수 비를 몰고 와 저녁에 물결 세찬데　　　　春潮帶雨晚來急,
들판 나루터에 인적 없고 배만 홀로 흔들리네.　　野渡無人舟自橫.

－ 당唐 위응물韋應物, 〈저주 서쪽 시냇가에서[滁州西澗]〉[1]

많은 어려움에도 불구하고 '당시사계' 시리즈가 완성될 수 있도록 여러 가지로 애쓰고 도움을 준 많은 분에게 감사의 말을 전한다. 이 책이 제대로 된 모양을 갖추도록 하나하나 바로잡아 주신 수류화개 배민정 편집장, 전병수 대표, 당시 공부 모임을 위해 자리를 제공해 준 이아爾雅서실의 최원경 선생님, 당시사계의 삽화로 이 책에 생명을 불어넣어 준 김자림 선생님, 무엇보다

---

1. 위의 시는 모두 북송北宋 곽희郭熙, 《임천고치집林泉高致集》〈화의畫意〉에 나온다.

2013년 1월 이 시리즈물에 영감을 준, 항주 서호를 같이 거닐었던 지곡芝谷서당의 선후배들에게 감사드린다.

인파 속을 그대 찾아 수없이 헤매다　　　　　　衆裏尋他千百度,

홀연히 고개 돌려보니 그대 있었네,　　　　　　驀然回首, 那人却在,

등불 깜빡이는 곳에.　　　　　　　　　　　　　燈花蘭柵處.

　　　　　　　　　　　　　　　　　− 남송南宋 신기질辛棄疾, 〈청옥안靑玉案〉

2022. 12.

서진희

제4장 겨울과 연민

제5장 겨울과 호방함

제6장 겨울과 시간의식

제1장

겨울풍경과
미감

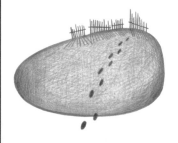

01. 산속에서
山中

❊ 왕유王維

형계에 흰 바위 드러나고
날씨 추워지니 붉은 잎 드무네.
산길에는 비 내리지 않는데
산속 푸르스름한 안개 기운 행인의 옷을 적시네.

荊溪[1]白石出, 天寒紅葉稀.
山路元無雨, 空翠濕人衣.

1. **형계**: 장수長水를 가리키고, 형곡수荊谷水라고도 한다. 섬서陝西 남전현藍田縣 서북西北에서 발원하여 서북쪽으로 장안현長安縣 동남東南을 거쳐 파수灞水로 흘러든다.

겨울에 접어들며
형계의 수량이 나날이 줄어들더니
바닥의 흰 바위가 드러나고,
날씨가 조금씩 추워지니
나뭇가지에 달린 붉은 잎이 떨어져 드물어졌네.
구불구불한 산길에는 비도 내리지 않는데
산속에 온통 푸르스름한 안개 기운이 행인의 옷을 적시는 듯하네.

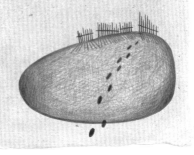

이 짧은 시는 시인이 산행 중에 보고 느낀 초겨울의 산속 풍
경을 묘사했다.

맑은 물이 굽이굽이 흐르는 형계는 시인의 산행을 동반하는
듯하다. 겨울에 접어들자 수량이 줄어들어 물줄기는 가늘어지고
바닥의 바위도 드러났다. 계곡을 가득 채우던 물 흐르는 소리도
잦아들어 들릴 듯 말 듯 잔잔하게 맴돌고 있다. 계절의 변화를
느끼게 해주는 흰색, 붉은색, 푸른색 등 다양한 빛깔과 소리는
시인의 마음을 움직인다.

대자연의 색채에 특별히 예민했던 시인이자 화가는 계곡의 다
른 대상들에게도 시선을 돌린다. 가을에 온갖 빛깔의 나뭇잎들
로 찬란하던 계곡은 어느새 낙엽이 져서 찾아보기도 힘들다. 이
러한 풍경이 일반인에게는 큰 감흥을 불러일으키지 못하겠지만,
시인은 단풍이 지고 나서야 비로소 드러나는 짙은 푸른빛을 의
식한다. 이 푸른빛을 배경으로 드문드문 남아 있는 붉은 나뭇잎
은 또 더 두드러진다. 다양한 빛깔과 음향이 어우러진 가운데에
서 시인은 무엇을 생각할까?

내딛는 걸음을 따라 점점 자연 속으로 젖어 들어간다. 겨울이
라 비가 내릴 일도 거의 없고, 일부러 찾아올 사람도 없어 고요
하고 텅 빈 가운데 산속에 남아 있는 푸른빛 속으로 시각, 청각,
촉각이 복합적으로 작용하는 가운데 자연의 일부가 되어 스며든
다. 아무런 대립도 없이 자유로워지며 말할 수 없는 쾌감을 느낀

다. 장욱張旭의 봄 시와 함께 읽어도 좋을 것이다.

산빛과 경물의 자태로 봄기운 한창이니   山光物態弄春暉,
날 좀 흐리다고 해서 돌아갈 생각 하지 말게.   莫爲輕陰便擬歸.
맑고 밝아 비 올 기색 없더라도   縱使晴明無雨色,
구름 깊이 들어가면 옷자락 젖는다네.   入雲深處亦沾衣.

– 〈산중유객山中留客〉 중에서

❄ 작자 소개

　왕유王維(701-761)는 하동河東 포주蒲州(지금의 산서성 운성運城)
사람이다. 뛰어난 시인이며 화가이고 자字는 마힐摩詰이다. 당 숙
종 건원乾元 연간에 상서우승尚書右丞을 맡았기 때문에 '왕우승王
右丞'이라고도 한다. 왕유는 참선參禪과 불교교리를 깨우치고 장
자莊子를 배워 문학 속에 투영시켰다. 시詩, 서書, 화畵, 음악에
정통하였는데 특히 5언시에 뛰어났다. 산수전원에 대한 시를 많
이 써서 맹호연孟浩然과 함께 '왕맹王孟'이라 불리며, '시불詩佛'의
호칭도 있다. 서화는 특히 신묘한 경지에 들어 남종산수화南宗山
水畵의 시조로 추존된다. 송대의 대문호 소식은 "마힐의 시를 음
미하면 시 속에 그림이 있고, 마힐의 그림을 감상하면 그림 속에
시가 있다.[味摩詰之詩, 詩中有畵. 觀摩詰之畵, 畵中有詩.]"고 칭송했
다. 지금 400여 수의 시가 전한다.

02. 종남산의 잔설을 바라보며
終南望餘雪

❀ 조영祖詠

종남산 북쪽 산봉우리 경치 빼어나
새하얗게 쌓인 눈이 구름에 떠 있는 것 같네.
수풀가지 사이로 눈 그치고 석양빛 밝으니
장안성에 저녁 추위 더하네.

終南陰嶺秀, 積雪浮雲端.
林表明霽色, 城中增暮寒.

멀리 종남산 바라보니 종남산 뒤쪽 경치 빼어나기 그지없다.

마치 산봉우리에 새하얗게 쌓인 눈이 구름 속으로 떠다니는 것 같다.

내리던 눈 멈추고 날씨 개자

숲속 나뭇가지 사이로 빠알간 석양이 반짝이는데

장안성은 한층 추위가 찾아온다.

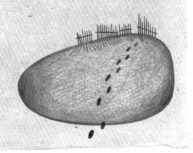

　남송南宋 계유공計有功의 《당시기사唐詩紀事》에 이 시가 지어진 배경을 설명하는 구절이 있다. 이 시는 조영이 장안의 과거시험에 제출한 시인데, 규정에 의하면 6운 12구의 5언배율로 지어야 했다. 하지만 조영은 4구만 짓고 시험관에게 시험지를 제출했다고 한다. 이후에 어떤 사람이 그 이유를 물으니 조영은 "시의 뜻이 다 들어갔기 때문에 더 이상 짓지 않았다."라고 답했다고 한다. 그의 성품과 천재를 알 수 있는 대목이다.

　《당시기사》에 기록된 조영이 말하는 시의 뜻은 저녁 무렵 종남산의 적설에 대해 가지는 시인의 시의詩意일 것이다. 한겨울 저녁 무렵 눈이 갠 다음의 느낌, 조영은 이것을 표현하려고 한 것 같다. 이 시를 보고 있노라면 한겨울 눈이 개고 석양이 서산에 반쯤 가려져 오렌지빛 광채를 온누리에 비출 때의 광경이 떠오른다. 옷깃 사이로 한기가 들어와 등줄기가 오싹해질 때 몸은 스산하게 춥지만 머리는 그지없이 맑아지는 느낌, 그 찰나의 시의를 시인은 놓치지 않고 독자에게 전달하고 있다.

　종남산은 장안에 사는 시인이라면 그 진면목을 한 번쯤은 표현해보고자 하는 시적 소재이다. 그 진면목은 아무 때나 나타나는 것이 아니라 비나 눈이 갠 다음 나타나는 모양이다. 조영 이후에 가도賈島가 나와 조영의 시의를 이어 〈종남산을 바라보며[望山]〉라는 시를 지었다.

종남산 30리   南山三十里,

보지 못한 지 열흘이 넘었네.   不見逾一旬.

비를 맞으며 서서 보니   冒雨時立望,

마치 친구와 같네.   望之如朋親.

규룡이 손을 움켜쥐어 물결을 일으키니   虯龍一掬波,

천 가지 만 가지 봄으로 씻어내네.   洗蕩千萬春.

날마다 비 그치지 않아   日日雨不斷,

산을 좋아하는 나를 근심에 젖게 하네.   愁殺望山人.

하늘의 일은 오래갈 수 없으리   天事不可長,

세찬 바람 아무리 맹렬해도   勁風來如奔.

궂은 비 완전히 개고 나면   陰霾一以掃,

무궁한 비취 봄빛이 장안 문으로 쏟아져 내리겠지.   浩翠寫國門.

장안 백만 가호 집 앞에   長安百萬家,

새 병풍이 펼쳐질 것이니   家家張屛新.

누구 집이 산빛이 좋을까?   誰家最好山,

내 그 집의 이웃이 되길 원하네.   我願爲其鄰.

                                   - 〈종남산을 바라보며〉 중에서

❄ 작자 소개

조영祖詠(699-746)은 성당盛唐시기 시인이며, 낙양 사람이다. 당 현종 개원開元 12년(724)에 진사가 되지만 관직에는 오래 있지 못하고 은거하며 살았던 것 같다. 경물묘사에 자신의 뜻을 맡기거나 은일생활을 읊은 시가 많은데, 증답贈答이나 객지생활의 고달픔, 산수전원을 주된 내용으로 한다.

시는 짜임새가 있으나 사상이나 예술적 특징에 있어서는 그 깊이가 떨어지며, 전체적으로 중당시기 기울어가는 왕조에 대한 비분강개와 자연과 인생을 노래한 대력십재자大曆十才子와 시풍이 가깝다는 평을 받고 있다.

〈설경산수도雪景山水圖〉

03. 눈을 만나 부용산주인 집에 묵다
逢雪宿芙蓉山主人

❀ 유장경劉長卿

해 저무니 푸른 산 아득해지고
날씨 추워지니 초가집 더 가난해 보이네.
사립문에 개 짖는 소리 들리니
눈바람 몰아치는 밤에 돌아오는 사람 있나 보다.

日暮蒼山遠, 天寒白屋貧.
柴門聞犬吠, 風雪夜歸人.

해 저물고 밤기운이 내리는 데다
눈바람으로 푸른 산 더 아득히 희미해지고
날씨가 추워지니 그렇지 않아도 초라한 초가는 더 가난해 보인다.
사립문 밖에 홀연 개 짖는 소리 들려오니
눈바람 몰아치는 밤에 눈을 피해 돌아오는 사람 있나 보다.

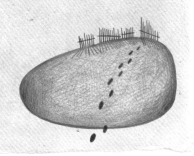

❀ 감상

이 시는 한 폭의 바람 불고 눈 내리는 밤에 돌아가는 모습을 그린 그림[風雪夜歸圖]이다.

앞 두 구절은 시인이 묵고 있는 산촌 초가로 가는 길에서 보고 느낀 바를 묘사했다. 시간은 해가 저물어가는 때이고, 시인은 내리는 눈 속으로 아득해지는 푸른 산을 본다. 눈으로 희미해져 가는 풍경은 밤길을 가는 사람의 마음을 급하게 만든다. 초라한 초가는 시인이 묵고 있는 곳이다. 한겨울이라 더 초라해 보인다. '한寒', '백白', '빈貧' 세 글자는 빈한하고 청백한 분위기를 부각하면서 시인의 독특한 느낌을 드러내고 있다.

뒤 두 구절은 시인이 묵고 있는 집에서 보고 느낀 정경이다. 눈바람을 뚫고 들어간 초가에서 한숨 돌리고 잠을 청하려는데, 개 짖는 소리가 그치지 않는다. 아마도 부용산주인이 눈바람을 맞으며 돌아오는 모양이다. 이 두 구절은 청각으로 받아들인 것을 시로 표현한 것이지만 선명한 그림을 떠올리게 해준다.

폄적 당한 곳의 생활이라 자신의 삶도 여의치 않았지만, 시인은 한겨울 백성의 빈한한 삶을 담담하게 묘사하면서 동정을 표현하고 있다. 부용산주인은 혹시 시인 자신의 모습이 아닐까? 그래서인지 이 시는 널리 알려졌고, 마지막 구절은 후대 극작가가 극의 제목으로 차용하기도 했다.

유장경劉長卿(약725 – 약791)은 자字가 문방文房이다. 안휘성安徽省 선성宣城 출신이라는 설과 하북성河北省 동남쪽에 위치한 하간河間 출신이라는 설이 있다. 젊었을 때는 낙양洛陽 남쪽의 숭양嵩陽에 살면서 청경우독晴耕雨讀하는 생활을 하였다. 733년(개원 21)에 진사가 되었고, 회서淮西 지방에 있는 악악鄂岳의 전운사유후轉運使留後의 직에 있을 때 악악관찰사鄂岳觀察使 오중유吳仲儒의 모함을 받아 목주사마睦州司馬로 좌천당하였다. 그러나 말년에는 수주자사隨州刺史를 지내 유수주劉隨州라고 불렸다.

강직한 성격에 오만한 면이 있었다. 관리로서도 강직한 성격을 그대로 나타내 자주 권력자의 뜻을 거스르는 언동을 하여 두 차례나 유배를 당하여 실의의 세월을 보냈다. 그의 시에 유배당하여 실의 속에 보내는 생활과 깊은 산골에 숨어살려고 하는 정서를 그린 것이 많은 것도 이런 연유에서이다. 오언시五言詩에 능하여 '오언장성五言長城'이라는 칭호를 들었다. 저서에 《유수주시집劉隨州詩集》 10권과 《외집外集》 1권이 있다.

04. 낙양의 다리에서 저녁에 바라보다
洛橋晚望

※ 맹교孟郊

천진교 아래 막 얼음이 얼고
낙양의 길 위엔 인적이 끊겼네.
느릅나무 버드나무 가지엔 잎 성기고 누각은 고요한데
달 밝아 저 멀리 숭산의 눈이 한눈에 보이네.

天津橋下冰初結, 洛陽陌上人行絶,
榆柳蕭疏樓閣閑, 月明直見嵩山雪.

초겨울 낙양성 천진교 아래 얼음이 막 얼었고
길가에는 다니는 사람들이 없다.
여름 가을 무성했던 잎이 지고 가지만 앙상하게 남은
느릅나무 버드나무 사이로 고요한 누각 보이고
사위는 고요하여 인기척이라고는 없다.
이때 고개 들어 남쪽을 바라보니 저 멀리 숭산 산봉우리에
하얗게 덮인 눈이 한눈에 보인다.

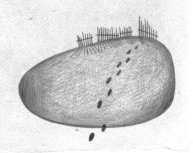

❈ 감상

　이 시에서 맹교는 의도적으로 달빛 아래 빛나는 숭산을 돋보이기 위해 앞의 3구를 교묘하게 활용한다. 1구의 초겨울의 얼음, 2구의 인적이 끊긴 길, 3구의 성긴 느릅나무 버드나무 가지와 고요한 누각은 4구의 숭산과 이어진다. 이렇게 가까운 곳에서 먼 곳으로 시야가 넓어지는 가운데 갑자기 달빛에 빛나는 숭산의 적설이 눈에 들어오면 극도의 쾌감과 미감을 느낄 수 있다.

　맹교의 의도적인 화룡점정식 표현이 유의有意라는 측면에서 뛰어나다면 도연명陶淵明의 〈술을 마시며[飮酒]〉 제5수는 무의無意의 측면에서 남산이라는 대상물이 표현된다는 점에서 이 시와 비교해 볼만하다.

초가집 엮어 시끌벅적 세상에 있으나	結廬在人境,
수레나 말의 시끄러운 소리 없네.	而無車馬喧.
그대 어찌하여 이처럼 할 수 있는지 묻는다면	問君何能爾,
마음이 멀어져 사는 곳도 외지다고.	心遠地自偏.
동쪽 울타리 아래 국화를 따다가	採菊東籬下,
무심히 남산이 보이네.	悠然見南山.
산기운 아침 저녁으로 좋고	山氣日夕佳,
나는 새는 함께 짝지어 돌아오네.	飛鳥相與還.
이 속에 참된 뜻이 있으나	此中有眞意,
밝히고자 하여도 이미 할 말을 잊었네.	欲辯已忘言.

－〈술을 마시며〉 중에서

❋ 작자 소개

맹교孟郊(751-814)는 자字가 동야東野이다. 절강성浙江省 호주湖州 무강武康 사람이다. 46세에 진사에 합격하나 높은 관직에는 오르지 못한다. 그래서 한유가 맹교를 위로하는 글을 짓기도 하는데 〈송맹동야서送孟東野序〉가 그 글이다. 불우한 생활 끝에 빈곤 속에서 죽었다.

맹교는 시를 잘 지었다. 그의 시에는 세상의 냉담한 인심이나 백성들의 어려움에 대한 내용이 많다. 그래서 '시의 감옥에 갇힌 사람'이라는 뜻의 시수詩囚라는 별명도 있다. 가도賈島와 함께 '교한도수郊寒島瘦(시의 풍격이 맹교는 쓸쓸하고 가도는 수척하다.)'라고 일컬어진다. 현재 500여수의 시가 남아있다.

제2장

겨울과
외로움

01. 초겨울 밤중에 홀로 술 마시다
初冬夜飮

※ 두목杜牧

병치레 잦았던 회양태수도
가끔 술 마시며 근심을 풀었다 하니
집 떠난 나그네 서리에 소매 젖는 줄 모른채
등불을 술 친구 삼았네.
돌계단 아래 쌓인 눈 하얀 배꽃 같은데
내년엔 또 누가 이 난간에 의지해 술을 마실까?

淮陽多病偶求歡, 客袖侵霜與燭盤.
砌下梨花一堆雪, 明年誰此憑欄杆?

저 한나라 회양태수 급암도
좌천된 서글픔을 술로 풀었다 하니,
지방을 전전하는 나 역시 서리에 소매 젖는 줄 모르고
등불 벗삼아 술 잔 드네.
문득 시선을 옮겨 돌계단 아래 쳐다보니,
배꽃 같은 순백한 눈이 쌓여 있는데
내년이면 나는 또 어디로 갈 것이며
또 누가 이 곳에 와서 나처럼 외롭게 술을 마실까?

❈ 감상

　회양태수는 전한前漢의 급암汲黯을 가리킨다. 급암은 성품이 강직하여 조정에서 자주 마찰을 일으켰고, 이 때문에 늘 외직으로 떠돌았다. 결국 그는 회양태수를 지내다 임지에서 사망하고 말았다. 시인인 두목은 당시 재상 이덕유李德裕에게 배척을 당하여 황주黃州, 지주池州, 목주睦州 등지를 전전하던 자신을 급암과 비교하며 자신의 울적한 감정을 달래려고 하였다.

　'나그네 소매'는 깨끗할 날 없고, 거기에 서리까지 스며들었으니 더욱 슬프고, 거기에 외지로 좌천되어 임지에서 사망한 한나라 급암을 생각하면 더욱 서글픈 생각이 든다. 술은 다른 시대에 살았던 이 두 사람을 이어주는 매개가 되었다.

　슬픈 마음을 떨쳐보고자 시인의 시선은 창 밖으로 향하였다. 그러나 창 너머 돌계단 아래에 쌓인 눈이 마치 바람에 떨어진 흰 배꽃 같지 않은가? 봄에 피는 배꽃은 시인의 생각을 '내년'이라는 미래로 인도하였고, 내년에 또 어딘가에서 방황하며 정착하지 못하고 있을 자신을 생각하며 감정이 더욱 깊어진다.

두목杜牧(803 - 약852)은 자字가 목지牧之이다. 만년에 장안 남쪽 번천樊川에서 기거했기 때문에 두번천杜樊川이라고도 불린다. 그는 경전과 역사서에 두로 통하였으며, 특히 왕조의 치란과 군사軍事 연구에 전념했다.

두목의 시는 7언절구로 유명하고, 내용은 역사사실을 통해 개인의 서정을 읊은 영사시가 주를 이룬다. 그의 시는 재기발랄하고 호방하며 만당의 쇠운을 만회하려는 마음을 시로 담아내어 만당시기에 성취가 높은 시인 중 한 명이다.

당시 사람들이 두보杜甫를 '대두大杜', 두목을 '소두小杜'라고 불렀으니 그의 시가 두보의 시풍과 비슷하다는 것을 알 수 있다. 이상은李商隱과 함께 '소이두小李杜'라고도 불렸다. 저서로 《번천문집樊川文集》이 있다.

02. 한단 동짓날 밤 고향집을 그리워하다
邯鄲冬至夜思家

❀ 백거이白居易

한단 역관에서 동지를 맞았는데
무릎 감싸 안고 등불 앞에 앉으니 그림자만 나를 짝하네.
아마 고향집 식구들은 밤늦도록 둘러앉아
멀리 객지로 떠난 내 이야기를 하고 있겠지.

邯鄲[1]驛裏逢冬至, 抱膝燈前影伴身.
想得家中夜深坐, 還應說著遠行人.

1. **한단**: 지금의 하북성河北省 한단시邯鄲市.

고향에서 멀리 떨어진 한단 역참의 객사에서 동지를 맞았는데,
무릎 감싸 안고 등불 앞에 앉으니
흔들리는 등불에 비치는 그림자만 나를 짝하네.
아마 이 시각 고향집 식구들은 잠 못 들고 밤늦도록 둘러앉아
집 떠나 멀리 객지를 떠도는 내 이야기를 하고 있겠지.

❁ 감상

이 시는 동짓날 늦은 밤에 시인이 한단 역사에서 생각하고 느
낀 바를 묘사하면서 시인의 고독함과 고향집을 그리워하는 마음
을 표현했다. 백거이의 시답게 이 시는 전체적으로 소박하면서도
여운이 감도는 함축미가 있다. 구상이 정교하고, 상상 등의 수법
으로 담담하게 고향을 그리워하는 우수와 가족을 생각하는 도
타운 정을 표현하고 있다.

당나라 때는 동짓날 집에서 가족과 함께 즐겁게 보냈다. 하지
만 지금 시인은 멀리 한단에서 명절을 맞아 어찌하면 좋을지 모
른다. "무릎 감싸 안다.[抱膝]"라는 말은 쓸쓸하게 앉아 있는 모
습을 선명하게 그려 보여주고, "등불 앞[灯前]"이라는 말은 시인
이 처한 환경을 두드러지게 하면서 또 "밤[夜]", "그림자[影]"와 호
응한다. 이러한 시어들은 어우러지면서 시인의 고독감, 고향집을
그리워하는 정이 언어 너머로 흘러넘치도록 한다.

3·4구는 상상을 통해 '고향 집에 대한 그리움'을 표현한다. 상
상은 시인의 마음을 증폭시킨다. 먼 길을 떠나온 시인이 고향 집
을 그리워하는 마음은 상상 속 정경을 통해 진실한 감동을 준
다. 가족과 함께하는 즐거움을 아는 사람, 이와 비슷한 경험이
있는 사람이라면 자기 경험에 비추어 더 많은 것을 생각할 수
있을 것이다.

소박한 표현만으로, 그리고 '그리워하다[思]'라는 글자 한 번 쓰
지 않고서도 모든 사람의 마음속 체험을 이야기할 수 있고, 곳

곳에 깊은 정을 담을 수 있는 시인은 많지 않을 것이다.

이 시는 804년(당 덕종 정원貞元 20년) 세모에 쓰여졌고, 시인은 이때 33세로 비서성교서랑秘書省校書郎이었다. 동짓날, 조정은 휴가를 주고, 민간도 매우 떠들썩해진다. 새 옷을 입고, 음식을 주고받으며 축하하면서 명절을 보낸다. 백거이는 당시 벼슬을 얻기 위해 돌아다니다 한단 역사에서 동지를 맞아 느낀 바가 있어 이 시를 지었다.

당 현종 개원開元 14년(726) 가을 이백이 26세 때 양주객사揚州旅舍에서 고향을 그리워하는 마음을 읊은 시도 함께 소개한다.

침상 앞을 비추는 밝은 달빛	牀前明月光,
땅 위에 서리가 내린 것일까?	疑是地上霜.
고개 들어 밝은 달 바라보고	擧頭望明月,
머리 숙여 고향을 그리워하네.	低頭思故鄕.

− 〈고요한 밤 고향을 그리워하며[靜夜思]〉

　백거이白居易(772-846)는, 자字는 낙천樂天, 호號는 향산거사香山居士·취음선생醉吟先生이다. 대대로 태곡太谷에 살다가 증조부 때 하규下邽로 이주했고 하남河南 신정新鄭에서 태어났다. 현실주의 시인으로 원진元稹과 함께 신악부운동新樂府運動을 창도했다. 관직은 한림학사翰林學士, 좌찬선대부左贊善大夫에 이르렀다.

　시가의 소재와 형식이 다양하고 표현은 평이하고 통속적이다. '시마詩魔' 또는 '시왕詩王'이라 불렸다. 《백씨장경집白氏長慶集》이 세상에 전하고, 대표적인 시 작품으로는 〈장한가長恨歌〉, 〈매탄옹賣炭翁〉, 〈비파행琵琶行〉 등이 있다.

〈설경산수도雪景山水圖〉

03. 밤눈
夜雪

※ 백거이白居易

이부자리 차가움이 이상하여
다시 보니 창이 밝네.
밤 깊어지자 눈 많이 내린 줄 아노니
대나무 꺾이는 소리 때때로 들리기 때문이네.

已訝衾枕冷, 復見窗戶明.
夜深知雪重, 時聞折竹聲.

잠자리에 드니 너무 추워진 것이 이상하여
밖을 보니 창밖이 환하게 눈이 내린다.
때때로 눈 쌓인 대나무 부러지는 소리가 들려
밤새 눈이 많이 내리는 것을 알게 된다.

❄ 감상

백거이는 이 시에서 색채나 모양을 드러내지 않고 평범하게 눈을 묘사하지만, 시의 내용을 자세히 보면 고풍스럽고 담백하여 색다른 분위기를 느낄 수 있다. 본래 눈은 빛과 모양으로 구분되어 어둠 속에서는 사람의 시각으로 그 모습을 알기 힘들지만, 시인은 전면적인 묘사를 피하고 배경적인 모습만을 드러내어 밤에 내리는 눈을 생기 있게 표현했다.

이부자리가 차고 창밖이 환하다는 것은 눈 내릴 때의 습기와 한기가 이불 안쪽까지 스며들고 쌓인 눈에 빛이 반사되는 것을 나타낸다. 이 모두 눈이 내리는 것을 몰랐지만 환경의 변화로 알아차림을 나타낸다.

밤새 눈이 계속 쌓이고 대나무 가지가 꺾이는 것은 눈이 더욱 많이 오는 것을 나타내면서 그 소리로 잠들 지 못하는 시인의 고독함을 표현했다. 이는 차가운 이부자리보다 더 독특한 정취를 주어 진솔한 감각으로 느껴진다.

전반적인 분위기가 평이하고 기교를 부리지 않은 듯 담담하게 서술한 것이 이 시의 특징이다.

〈설죽도雪竹圖〉

04. 눈 그친 후 저녁 풍경
雪晴晚望

❋ 가도賈島

지팡이 짚고 눈 갠 풍광 바라보니
계곡 운무는 몇만 겹이나 되는지.
나무꾼은 초가로 돌아가고
겨울 해는 높은 봉우리를 넘어가네.
들불은 산등성이 풀을 태우고
연기 한 줄기 바위 사이 소나무 사이에서 피어나네.
산사로 돌아가는 길에
저녁 종소리 들려오네.

倚杖望晴雪, 溪雲幾萬重.
樵人歸白屋, 寒日下危峰.
野火燒岡草, 斷煙生石松.
卻回山寺路, 聞打暮天鍾.

해질녘 눈이 개어 지팡이 짚고 나서서 하늘을 바라보니

계곡 위로 걸린 운무는 몇만 겹이나 되는지 모를 정도로 짙게 끼었다.

나무끝은 흰 눈 덮인 초가로 돌아가고 있고

차가운 빛을 뿌리는 겨울 해는 높은 봉우리를 넘어가고 있다.

들불은 산등성이 풀을 태우고

연기 한 줄기 바위 절벽의 소나무에서 피어나는 모습 보이네.

산사로 돌아가는 길에

저 먼 곳에서 저녁 종소리 들려온다.

❖ 감상

이 시는 전형적인 풍경을 읊은 사경시寫景詩이다. 제목은 눈이 갬, 황혼이라는 두 가지 풍경을 제시한다. 첫 부분에서는 중심이 되는 대상과 배경을 드러내고, 그다음에는 눈 속 풍경, 마지막으로는 산사로 돌아가는 소리가 있는 화면을 그린다. 차가운 가운데 고요한 공산만청도空山晚晴圖 한 폭이다. 시구는 담담하게 윤곽을 그려내고, 의상意象은 맑고 고요하고 차갑고 험준하며 한갓지다.

가도는 816년 장안長安에서 과거에 응시했다 낙제했고, 이듬해 종제 무가無可 스님과 장안 서남쪽 규봉圭峰 초당사草堂寺에 기거했다. 이 시는 대략 이즈음에 지어졌다.

이 시는 '눈[雪]', '갬[晴]', '저녁[晚]', '바라봄[望]' 네 단어로 요약된다. '바라봄' 가운데 하나씩 시인의 눈앞에 나타난다.

1·2구에서는 '바라봄'이 중심이다. 저녁나절 눈이 개고 하늘이 맑아지자 시인은 흥이 나서 나들이를 나선다. 지팡이에 기대어 먼 곳을 바라본다. 멀고 가까운 산수는 더 수려하고 결백하다. 저 멀리 아득한 곳 석양은 비추고 계곡을 타고 오르는 구름은 갖가지 모습으로 변화한다.

3·4구에서는 '돌아감[歸]'과 '넘어감[下]' 두 단어가 두드러지며 생기와 동감을 준다. 온 산이 하얀 가운데 나무꾼이 보일 듯 말 듯 굽이진 길을 따라 천천히 내려가며 흰 눈 덮인 초가로 돌아간다. 흰 눈에 덮인 집 배후에는 차가운 빛을 흩뿌리며 산을 안

고 넘어가는 석양이 펴져 있다.

시인의 시선은 다시 방향을 바꾼다. 5·6구에서 '들불[野火]'과 '연기 한 줄기[斷煙]'는 명암을 교차하면서 시간을 따라 변화한다. '산등성이 풀'은 약하지만 생명력이 왕성하고, '들불'이 다 태워버리지는 못할 것이다. '절벽의 소나무[石松]'는 굳은 절조를 지키며 높고 순결하여 '외로운 연기'도 가리지 못한다.

멀고 가까우며 높고 낮은 눈 내린 후의 아름다운 풍경을 실컷 즐기고 나서 어둠이 내리자 시인은 더 머물러 있을 수 없다. 7·8구의 산과 들의 정취로 충만한 시적 경계 속에서 즐거운 마음으로 돌아가는 길에 산사에서 울려 퍼지는 종소리는 더 짙은 시의詩意를 더해준다. 이 종소리는 묵묵히 풍경을 감상하는 시인을 일깨우고, 앞에서 묘사한 풍경들이 약동하도록 만든다. 시의 경계는 소리도 있고 빛깔도 있는 생기 넘치는 공간을 이루고, 끝없는 여운을 남긴다.

가도賈島(779 - 843)는 자字가 낭선閩仙 또는 낭선浪仙이며, 범양範陽(지금의 북경北京 탁현涿縣) 출신이다. 일찍이 출가했고, 법명은 무본無本이다. 당 헌종 원화元和 5년(810) 겨울 장안長安에 도착했고, 이듬해 낙양洛陽으로 가서 시로 한유에게 인정받았다. 환속한 후 여러 차례 과거에 응시했지만 급제하지 못했다. 후에 장강長江(지금의 사천四川 봉계蓬溪) 주부, 보주사창참군普州司倉參軍을 지냈다.

황량하고 고요한 경계를 잘 묘사했고, 가난하고 고생스러운 상황을 표현한 시구가 많다. 맹교孟郊와 풍격이 비슷해서 '교한도수郊寒島瘦(시의 풍격이 맹교는 쓸쓸하고 가도는 수척하다.)'라 칭해졌다. 저서로 《장강집長江集》이 있다.

〈가도賈島〉

〈산수도山水圖〉

05. 강에는 눈이 내리고
江雪

❋ 유종원柳宗元

수없이 많은 산에 날아다니는 새 한 마리 없고
땅 위 모든 길에 사람 자취 사라졌네.
외로운 조각배에 도롱이와 삿갓 쓴 늙은이
홀로 낚시하는 겨울 강에는 눈이 내리네.

千山鳥飛絶, 萬徑人蹤滅.
孤舟蓑笠翁, 獨釣寒江雪.

수없이 많은 산에 날아다니던 새들은 그림자조차 볼 수 없고
땅 위 모든 길에는 사람이 다녔던 흔적도 보이지 않는다.
강물 위 외로운 조각배에는 도롱이와 삿갓 쓴 늙은이가
눈 내리는 겨울 강에서 홀로 낚시하고 있다.

✺ 감상

〈강가에는 눈이 내리고〉는 유종원柳宗元의 영주永州 폄적 기간 (805-815)에 지어졌다. 당 순종 영정永貞 원년元年(805), 유종원은 왕숙문王叔文 집단이 발동한 영정혁신운동永貞革新運動에 참가했지만 반동 세력의 연합으로 개혁이 실패했다. 유종원은 영주사마 永州司馬로 폄적되고, 10년 동안 사실상 연금된 상태로 생활했다. 하지만 험악한 배경의 압박은 그를 좌절시키지 못했고, 인생의 가치와 이상을 시가로 펼쳐내었다. 이 시는 그 가운데 대표작이다.

시인은 단 스무 글자로 그윽하고 고요하며 차가운 화면을 그린다. 큰 눈이 내리는 강물 위에 작은 배 한 척, 늙은 어부가 차가운 강에서 홀로 낚싯대를 드리우고 있다. 순결하고 고요한 천지 사이 맑고 고상한 어부의 생활을 통해 시인이 독자에게 보여주고 싶었던 것은 내리막길을 가던 당나라 사회를 떠난 환상의 경계이다.

시인은 '천산千山', '만경萬徑'으로 '고주孤舟'와 '독조獨釣'를 부각시킨다. 그리고 '절絶'과 '멸滅'을 더하여 극단적 정적靜寂과 절대적 침묵의 매우 특별한 경상景象을 구성한다. 이것은 정적인 정경을 묘사한 다음 두 구절이 도리어 매우 영롱하고 생기있게 화면 위로 떠오르도록 만든다.

다른 한편으로 이 두 구절은 본래 두드러지도록 묘사하려 한 대상이지만 멀리서 바라보는 시점을 사용해서 오히려 축소되었고, 그 결과 여백이 풍부하고 투명하며 볼 수는 있으나 다가갈

수는 없는 듯한 느낌을 준다. 이렇게 해서 세속을 벗어난 초연한 경계가 완성된다. 차갑고 고요한 환경 속에서도 늙은 어부는 추위도 큰 눈도 모두 잊고 낚시에 집중한다. 드러난 모습은 고독해 보이지만, 그 성격은 맑고 고상하며 심지어 늠연하여 범할 수 없는 기상도 지녔다. 이렇게 환상처럼 변화하고 미화된 어부의 형상은 시인의 사상과 감정이 기탁된 것이다.

구체적이고 세밀한 수법으로 배경을 그리고, 먼 거리에서 주요 형상을 묘사하며, 정교한 조탁과 극도의 과장이 짧은 시 한 수 속에 융합되어 독특한 예술 세계를 이루고 있다.

❄ 작자 소개

유종원柳宗元(773 – 819)은 자字가 자후子厚이고, 하동河東(지금의 산서山西 운성運城) 출신이다. 걸출한 시인, 철학자, 유학자이자 뛰어난 정치가로서 당송팔대가 가운데 하나다. 대표적인 작품으로는 〈영주팔기永州八記〉가 있고 600여 편의 시가 남아 있으며 《유하동집柳河東集》30권이 전한다.

하동 출신이어서 '유하동'이라고 하고 유주자사로 있었기 때문에 '유유주柳柳州'라고도 불린다. 한유韓愈와 함께 중당 고문운동을 이끌어서 '한유韓柳'로 병칭되기도 한다.

06. 눈 내리는 가운데 노래하며
장안으로 돌아가는 무판관을 보내다
白雪歌送武判官歸京

❋ 잠삼岑參

북풍이 대지를 휩쓰니 마른 풀은 꺾이고
북방의 하늘은 팔월에 벌써 눈이 날리네.
마치 하룻밤 봄바람 불어와
천 그루 만 그루 나무 위에 배꽃 핀 것 같네.
주렴 안으로 흩어져 들어와 비단 장막을 축축하게 하고
여우가죽도 따뜻하지 않고 비단 이불도 얇기만 하네.
장군의 활은 얼어서 당길 수 없고
도호의 갑옷도 차서 입을 수 없네.
사막도 얼어서 백 장의 얼음 되었고
구름도 음산하여 만 리에 얼었네.
군영에 술을 준비하여 돌아가는 객을 마시게 하고
호금과 비파, 강적은 흥을 돕네.
분분히 날리는 저녁 눈 원문에 내리고
바람은 붉은 깃발에 불어도 얼어 펄럭이지 않네.
윤대 동문에서 그대를 전송하는데
떠날 때 눈은 온산의 길에 가득하네.

산이 돌아가니 길도 돌아 그대 보이지 않고
눈 위에는 말 발자국만 남았네.

北風卷地白草折, 胡天八月卽飛雪.
忽如一夜春風來, 千樹萬樹梨花開.
散入珠簾濕羅幕, 狐裘不暖錦衾薄.
將軍角弓不得控, 都護鐵衣冷難着.
瀚海闌干百丈冰, 愁雲慘淡萬里凝.
中軍置酒飲歸客, 胡琴琵琶與羌笛.
紛紛暮雪下轅門, 風掣紅旗凍不翻.
輪臺東門送君去, 去時雪滿天山路.
山回路轉不見君, 雪上空留馬行處.

북풍이 안서도호부 주위 대지를 휘몰아치니 마른 풀들은 꺾이고
변방은 아직 중추 8월인데 눈이 내리기 시작한다.
이런 광경은 마치 남쪽 중원에 하룻밤 봄바람이 불어
온 나무에 배꽃이 피어난 것 같은 장관을 이룬다.
이렇게 분분히 내리는 눈은 주렴을 뚫고 들어와
장막 안으로 들어와 녹아서는 장막을 적시고
여우가죽으로 만든 옷을 입어도 따뜻하지 않고
비단이불도 얇게만 느껴진다.
장군이 사용하는 짐승 뿔로 만든 활도 얼어서 당길 수가 없고
도호부의 장관이 입는 갑옷도 차디차서 입을 수가 없다.
장막 밖으로 드넓은 바다 같은 사막은 백장에 걸쳐 꽁꽁 얼었고
눈을 잔뜩 머금은 구름은 만 리에 걸쳐있다.
이때 군영에선 술을 마련하여 장안으로 돌아가는 무판관을 위로하고 호금과
비파, 강적으로 흥을 돋운다.
마침내 저녁 무렵 막사를 나오자 군영의 출입문에 어지럽게 눈 내리고,
북풍이 세차게 불어와도 문 옆의 붉은 깃발은 꽁꽁 얼어 미동도 않는다.
윤대현 동문까지 나가 그대를 보내는데 함박눈은 산을 덮었고
산굽이를 돌아간 그대는 보이지 않고
그대 떠난 길 위에 말 발자국만 남았다.

❄ 감상

　겨울을 이처럼 낭만적으로 노래한 시가 있을까? 변방의 허허벌판, 아침에 수북히 쌓인 눈을 하룻밤 봄바람에 일제히 핀 배꽃에 비유하고 있다. 하지만 잠삼이 직면하고 있는 북방의 혹독한 추위와 병영생활은 낭만적이지 않다. 추위는 잠을 자는 막사 이불 안까지 파고들고, 장수의 활과 도호의 갑옷은 얼어서 불시의 전쟁에 임할 수도 없다. 이런 와중에 무판관을 보내자니 측은한 마음도 들고, 또 일을 다 마치고 돌아갈 수 있을지 자신의 운명에 대해서도 불안에 사로잡힌다. 이런 복잡한 마음은 떠나는 사람의 발자국을 따라 수도 장안으로 돌아간다.

❄ 작자 소개

　잠삼岑參(약718 – 약769)은 형주荊州 강릉江陵 사람으로 성당盛唐시기의 시인이다. 일찍이 총명하여 5세에 책을 읽고 7세에 문장을 지었다. 27세에 진사에 급제하고 두 차례 북서쪽 변경으로 종군했다. 첫 번째 종군 때 고구려의 후예인 고선지高仙芝 장군의 서기書記로 일했다. 시를 잘 지었는데 특히 칠언가행七言歌行에 뛰어났다. 두 번의 종군경험을 살려서 변새시邊塞詩를 지어서 변방의 풍광이나 풍속, 군사들의 생활을 잘 담아내었다.

07. 눈을 대하며
對雪

❋ 두보杜甫

전쟁터의 곡소리에 새로 귀신이 된 병사의 원혼이 많은데
늙은이 홀로 근심에 젖어 시를 읊조리네.
어지러운 구름 저녁 무렵에 낮게 드리우더니
폭설은 회오리바람에 춤추네.
표주박은 술동이에 술이 없어 일찌감치 버렸고
화로엔 빨갛게 타오르는 듯한 불씨만 남았네.
형제들 사는 곳에 소식 끊겨
걱정스럽게 앉아 허공에 글씨만 쓰네.

戰哭多新鬼, 愁吟獨老翁. 亂雲低薄暮, 急雪舞回風.
瓢棄樽無綠, 爐存火似紅. 數州消息斷, 愁坐正書空[1].

1. **서공**: 유의경劉義慶의 《세설신어世說新語》〈출면黜免〉에 다음과 같이 말하였다.
"은중군이 폐출당하고 신안현에 있을 때, 온종일 허공에다 글자를 썼다. 양주의
관리와 백성들이 그의 은의를 잊지 못하여 그를 따라 와서 가만히 살펴보았더니,
은중군은 오직 '돌돌괴사(몹시 뜻밖의 일)' 네 글자만 쓰고 있을 뿐이었다.[殷中軍
被廢, 在信安, 終日恒書空作字, 揚州吏民尋義逐之, 竊視, 唯作'咄咄怪事'四字而
已.]" 이 동진東晉의 대신 은호殷浩의 일화에서 유래하여 생각지도 못한 상황이
벌어지는 인생의 의외성과 불가해성을 비유한다.

전장에 들리는 곡소리에는

전쟁으로 갓 죽은 젊은 병사들의 원혼이 내는 소리가 대부분인데

이 와중에 늙은 나만 홀로 타들어 가는 마음으로 이 시를 읊조린다.

작은 방에 앉아서 보니

황혼 무렵 어지러운 구름 몰려와 눈 내릴 듯하더니,

한참 후 폭설은 회오리바람을 따라 거세게 휘몰아치듯 내린다.

술을 담는 호로병은 벌써 버렸고,

남은 술도 오래전에 다 마셔버려 술주전자엔 한 방울의 술도 없다.

그뿐일까? 불 땔 장작도 오래전에 다 써버려 화로에 재만 남았으나,

갈증이 심하면 헛것이 보인다고 했나!

화로에 빠알갛게 불이 타올라 나를 비추는 것만 같다.

동생들 사는 곳에 전쟁이 벌어져 소식 끊겨 생사를 알 수 없어

타들어가는 마음에 부질없이 허공에 글씨만 쓴다.

❁ 감상

이 시에서 눈을 바라보는 시인의 마음은 암울하기만 하다. 이 시는 안사의 난으로 수도 장안이 함락된 후 반란군에게 잡혀 자신의 운명을 알 수 없을 때 지어졌다고 한다. 보통 두보의 시는 시의 서두와 중간에 자연의 풍광을 그려낸 후 자신의 복잡한 소회를 밝히기 때문에 앞뒤의 시적 분위기가 강렬한 대조를 이루어 '침울돈좌沈鬱頓挫*'라는 평가를 받는다. 하지만 이 시는 처음부터 끝까지 어두운 자연풍광과 소회를 밝혀 온통 우울하면서 어두운 느낌을 준다.

* **침울돈좌**: 침울沈鬱이란 깊은 감정을 뜻하고, 돈좌頓挫는 갑자기 꺾인다는 말이다. 구체적으로 두보가 침울하고 깊은 내면 정서를 갑자기 꺾이면서 변화가 풍부한 기법을 사용하여 표현하는 것을 말한다. 시문, 회화, 서법, 춤에 많이 쓰인다.

두보杜甫(712~770)는 자字는 자미子美, 호는 소릉야노少陵野老이고 두공부杜工部·두소릉杜少陵 등으로 불렸다. 하남河南 공현鞏縣(지금의 하남성河南省 공의시鞏義市) 출신이다. 국가의 위기와 백성의 고통을 토로한 현실주의 시인으로 '시성詩聖'으로 칭송받았고 그의 시는 '시사詩史(시로 표현된 역사)'로 칭해졌다. 이백李白과 함께 '이두李杜'로 불린다. 약 1,400여 수에 이르는 시가 전해지며, 조예가 깊어서 추숭 받았고 후대에 영향도 컸다. 759년부터 766년까지 성도成都에 거주했다.

08. 성도부
成都府

꽃 두보杜甫

뽕나무 느릅나무 가지 끝으로 저물어가는 해는

먼 길 가는 나의 옷자락을 비추네.

길을 걷다 보니 산천이 바뀌어

문득 나는 하늘 한편에 있구나.

낯선 사람들만 만나니

고향을 언제 다시 볼지 점칠 수도 없네.

큰 강물은 동으로 흘러가는데

나그네 생활은 길어지기만 하구나.

겹겹으로 둘러싸인 성채에는 화려한 집들 가득하고

섣달인데도 나무는 푸르기만 하네.

시끌벅적한 이름난 도회에서는

퉁소 소리에 생황 소리까지 뒤섞여 있네.

정말로 아름답지만 마음에 맞는 곳 없어

몸을 기울여 냇물과 다리를 바라보네.

참새도 저녁에는 각자 집으로 돌아가는데

중원은 아득하고 멀기만 하네.

초승달이 나왔지만 하늘 높이 떠 있지 않고

뭇별은 아직도 빛을 다투네.

예로부터 나그네가 있었지만

나는 어찌 슬픔에 고통스러워하는가?

翳翳桑楡日, 照我征衣裳. 我行山川異, 忽在天一方.
但逢新人民, 未卜見故鄉. 大江東流去, 遊子日月長.
曾城塡華屋, 季冬樹木蒼. 喧然名都會, 吹簫間笙簧.
信美無與適, 側身望川梁. 鳥雀夜各歸, 中原杳茫茫.
初月出不高, 衆星尙爭光. 自古有羈旅, 我何苦哀傷.

뽕나무 느릅나무 가지 끝으로 저물어가는 해는
먼 길 가는 나의 옷자락을 비춘다.
길을 걷다 보니 산천이 바뀌어
문득 나는 고향에서 멀리 떨어진 하늘 한편에 있다.
만나는 사람들이라고는 낯선 사람들뿐이고
고향을 언제 다시 볼지 짐작할 수도 없다.
큰 민강은 고향이 있는 동쪽으로 호탕하게 흘러가는데
나그네 생활은 길어지기만 하구나.
겹겹으로 둘러싸인 성채에는 화려한 집들 가득하고
섣달인데도 나무는 푸르기만 하다.
시끌벅적한 이름난 도회 성도에는
퉁소 소리에 생황 소리까지 뒤섞여 있다.
화려한 도시 생활 가운데 내 마음에 맞는 것 없어
그저 몸을 기울여 냇가 다리를 바라본다.
참새도 저녁에 각자 집으로 돌아가는데
전란 빈번한 고향 땅 중원은 아득하고 멀기만 하다.
초승달이 나왔지만 하늘 높이 떠 있지 않고
뭇별은 아직도 달과 빛을 다툰다.
예로부터 타향을 떠도는 나그네가 있었지만
나만 어찌 슬픔에 고통스러워하는가?

✸ 감상

　이 오언고시는 두보가 동곡에서 서천으로 가는 도중에 지은 열두 수 기행시의 마지막 편이다. 당 숙종 건원乾元 2년(759) 12월 1일, 온 집안이 동곡을 출발하여 힘든 여정 끝에 성도에 도착했다.

　서정성이 깊은 함축이 이 시의 가장 두드러진 특징이다. 표면적으로는 풍경을 묘사한 기행시이지만, 평온한 가운데 기쁨과 근심, 내면의 미묘한 변화가 부딪치며 강렬한 감정의 파란이 일고 있다. 두보가 온 집안을 이끌고 먼 곳으로 힘들게 옮겨간 것은 머물 곳을 찾기 위해서였다. 눈앞에 펼쳐진 화려한 신천지 성도는 그에게 새로운 삶의 희망을 주었고 큰 위안이 되었다. 하지만 이와 동시에 꿈에서도 어른거리는 고향 생각이 떠올랐다. 언제쯤이나 돌아갈 수 있을는지. 시인은 다시 고통 속으로 빠져든다. 안사의 난은 아직 평정되지 않아 나라와 시절을 근심하는 마음을 금할 수 없다. 별이 뜬 먼 하늘만 바라볼 뿐. 결국 스스로를 위로하는 말로 끝을 맺는다.

　명나라 호응린胡應麟은 동한 말기의 《고시십구수古詩十九首》에 대해서 다음과 같이 말했다. "온후溫厚 속에 신기神奇를 함축하고 화평和平 속에 슬픔을 깃들게 한다. 의미는 얕을수록 더 깊어지고, 언어적 표현은 가까울수록 더 아득한 느낌을 주며, 시 전체에서 구절 하나를 지적해낼 수 없고, 하나의 구절에서 글자 하나를 구할 수 없다."《시수詩藪》 두보의 이 시가 바로 《고시십구수》의 이러한 풍격을 계승했다.

제3장

겨울과
그리움

01. 북풍행
北風行

이백李白

한문에 촉롱이 살아

동틀 녘처럼 환하게 빛이 나는데

해와 달은 어찌하여 이곳까지 비추지 않고

북풍만이 성내어 부르짖으며 하늘에서 불어오는가.

연산의 눈꽃 송이 방석만큼 큰데

펄펄 바람에 날려 헌원대에 떨어지네.

유주 섣달에 임 그리는 여인은

노래 멈추고 웃음 그치고 아리따운 두 눈썹을 찌푸렸네.

문에 기대어 길 떠난 임을 기다리는데

장성에서 추위로 고생할 임 생각하니 슬픔을 이길 수 없네.

칼 들고 변경을 구하러 떠나던 날

범 무늬에 금빛 자루의 이 활 통만 남겨두었지.

속에 든 흰 깃 화살 한 쌍은

거미가 줄을 치고 먼지만 쌓였네.

화살만 부질없이 남아 있고

임은 이제 전사하여 돌아오지 못하네.

차마 이것 볼 수 없어

태워 이미 재 되었네.

황하는 흙을 쌓아 막을 수 있지만

북풍에 하염없이 내리는 눈처럼 나의 한은 어찌할 수 없구나.

燭龍[1]棲寒門, 光耀猶旦開. 日月照之何不及此, 唯有北風號怒天上來.

燕山[2]雪花大如席, 片片吹落軒轅臺[3]. 幽州[4]思婦十二月, 停歌罷笑雙蛾摧.

倚門望行人, 念君長城苦寒良可哀. 別時提劍救邊去, 遺此虎文金鞞靫.

中有一雙白羽箭, 蜘蛛結網生塵埃. 箭空在, 人今戰死不復回.

不忍見此物, 焚之已成灰. 黃河捧土尙可塞, 北風雨雪恨難裁.

1. **촉룡**: 용음龍陰이라고도 한다. 중국 고대 신화 전설에 나오는 용으로, 용의
   몸에 인간의 얼굴을 가지고 있으며 다리가 없고, 태양을 볼 수 없는 북쪽 끝의
   한문寒門에 산다고 한다. 촉룡이 눈을 뜨면 낮이 되고 눈을 감으면 밤이 된다.

2. **연산**: 하북 평원의 북쪽에 있는 산이다.

3. **헌원대**: 황제黃帝를 기념하는 건축물이다. 황제 헌원씨가 탁록涿鹿에서 치우
   蚩尤와 싸운, 지금의 하북河北 회래현懷來縣 교산喬山 위에 있었다고 한다.

4. **유주**: 지금의 북경北京 대흥大興이다. 여기에서는 당시 안록산安祿山이 다스
   린 북방을 가리킨다.

빛이 없는 북쪽 끝 땅 한문에는 촉룡이 살아

눈을 뜨면 동틀 녘처럼 환하게 빛이 나는데

해와 달은 어찌하여 이곳까지 비추지 않고

북풍만이 성내어 부르짖으며 하늘과 벌판에서 불어오는가.

연산에 내리는 눈꽃 송이는 방석만큼 큰데

펄펄 바람에 날려 헌원대에 떨어지네.

유주의 얼어붙고 눈 내리는 섣달에 임 그리는 여인은

노래 멈추고 웃음 그치고 아리따운 두 눈썹을 찌푸렸네.

문에 기대어 길 떠난 임을 기다리는데

장성에서 추위로 고생할 임 생각하니 슬픔을 이길 수 없네.

칼을 들고 변경을 구하러 떠나던 날

범 무늬에 금빛 자루의 이 활 통만 남겨두었네.

속에 든 흰 깃 화살 한 쌍은

오랫동안 방치되어 거미줄이 쳐있고 먼지만 쌓였네.

화살만 부질없이 남아 벽에 걸려있고

임은 이제 전사하여 돌아오지 못하네.

차마 이것 볼 수 없어

태워 이미 재가 되었네.

황하는 흙을 쌓아 막을 수 있지만

북풍에 하염없이 내리는 눈처럼

내 마음속에 쌓인 임과 사별한 한은 어찌할 수 없구나.

이 시는 당 현종 천보天寶 11년(752)에 쓰여졌다. 당시 이백은 유주幽州를 떠돌고 있었다.

이 시는 먼저 제목에 맞추어 북방의 혹한부터 묘사하고 있다. 이것은 옛 악부樂府가 통상적으로 사용한 수법으로, 풍경을 빌려 감정을 서술하면서 주제를 두드러지게 하고 있다. 낭만주의 시인이라 불리는 이백은 자주 신화나 전설에서 소재를 빌려오곤 했다. "한문에 촉룡이 살아, 동틀 녘처럼 환하게 빛이 나는데"라는 구절도 《회남자淮南子》〈추형훈墜形訓〉의 고사를 인용한 것이다. 기괴한 신화는 그대로 믿을 수 없지만, 음산하고 차가운 경계는 독자가 사실적 형상으로 연상할 수 있도록 도와준다.

이어지는 구절의 눈에 대한 묘사는 더 절묘하여 천고의 명구라 할 만하다. 시가의 예술 형상은 시인의 주관 감정과 객관 사물의 통일체이다. 이백의 풍부한 상상력, 열렬한 감정, 자유롭고 호방한 개성은 평범한 사물과 융합하여 전혀 의외의 모습으로 재탄생한다. 이것이 바로 이백 낭만주의의 특징 가운데 하나이다.

광활한 북방의 풍경에서 시작하여 연산과 헌원대를 거쳐 유주의 멀리 떠난 임을 그리워하는 여인으로 초점을 옮기고, '노래 멈추고' '웃음 그치고' '아리따운 눈썹을 찌푸리고' '문에 기대어 길 떠난 임을 기다린다'라는 일련의 동작을 통해 인물의 내면으로 들어간다. 독자는 시인이 이끄는 대로 자연스럽게 작품에 몰입하며 이어지는 구절에 더 깊이 공감한다.

북풍이 노하여 부르짖고, 흩날리는 눈발은 하늘을 가득 채우며, 눈에 가득한 처량한 풍경은 시의 비극적인 분위기를 더 짙게 만든다. 북풍은 처음과 끝을 호응하도록 하면서 시가 구조적으로 완성된 느낌을 준다. 그리고 풍경과 감정을 하나로 융합하여 어느 것이 풍경을 묘사한 것인지, 어느 것이 감정을 서술한 것인지 분별할 수 없도록 만든다.

❋ 작자 소개

　이백李白(701-762)은 서역 쇄엽碎葉(지금의 키르기스스탄의 토크마크Tokmak)에서 출생했다. 자字는 태백太白이다. 5세에 아버지를 따라 사천四川에 이주하여 살았다. 25세 즈음에 고향을 떠나 전국을 다니며 자신의 포부를 펼치려 하였다. 42세에 오균吳筠의 천거로 현종을 만났고, 한림공봉翰林供奉에 제수된다. 그러나 얼마 후 관직생활에 만족하지 못하고 전국을 유람하며 두보杜甫·고적高適 등 시인들과 친분을 맺는다. 역모에 가담했다는 혐의로 사형에 처해질 뻔했으나 벗의 도움으로 죽음을 면했고, 유배형을 받아 장강을 유랑하다 62세에 병사하였다.

　약 1,000 수의 시를 남겼다. 기발한 상상력과 뜨거운 열정은 어떤 문인도 범접할 수 없을 만큼 독특하고 초월적인 시 세계를 형성하고 있다. 시선詩仙으로 칭송받았다.

02. 자야의 오나라 노래 – 겨울노래
子夜吳歌 – 冬歌

※ 이백李白

내일 새벽에 역관이 떠난다기에
밤 새 솜 넣어 전포를 만드네.
맨 손이라 바늘 잡으면 손이 시린데
가위는 또 어찌 잡으랴.
자르고 기워 만든 옷 멀리 부쳐 보내니
임조에 계신 임께서 어느 날에 받아 보실까?

明朝驛使發, 一夜絮征袍.
素手抽針冷, 那堪把剪刀.
裁縫寄遠道, 幾日到臨洮?

내일 아침 일찍 역관이 남편 계신 곳으로 떠난다는 말을 듣고
급해진 마음에 밤 새도록 솜을 넣어 남편 입을 겨울 군복을 만든다.
한파에 차가워진 바늘로 한 땀 한 땀 바느질 하려 하니
손이 시려 오는데
얼음장 같은 가위는 또 어찌 잡을까?
시려운 손을 입김으로 녹여가며 완성한 겨울 전포 겨우 만들어 보내니
저 먼 임조에 계신 임께서 언제쯤 받으실까?

❄ 감상

이 시는 이백의 〈자야사시가子夜四時歌〉 네 수 가운데 겨울을 노래한 시다. 정역征役 간 남편을 위해 겨울 군복을 만드는 아내의 애정을 느낄 수 있다.

추운 서쪽 변방에서 근무하는 남편에 대한 아내의 애정은 제1·2구에서 시작하여 제3·4구에서 더욱 깊어지고 있음을 살펴볼 수 있다. 다음날 새벽에 남편이 있는 임조 방향으로 가는 인편이 있다는 이야기를 들은 아내는 문득 마음이 급해졌고, 남편에게 보낼 겨울 군복에 서둘러 솜을 넣어 완성하고, 군복과 함께 자신의 따뜻한 마음을 남편에게 전하고자 하였다. 겨울의 엄혹한 추위는 바느질, 가위질마저 고통스럽게 하지만, 더 추운 곳에서 근무하는 남편을 생각하며 옷을 완성하였고, 인편이 떠나기 전에 이 겨울옷을 전달하였을 것이다.

고향에 남은 아내의 일상을 서술함으로써 나라 일로 멀리 떨어져 지낼 수 밖에 없는 아내의 남편에 대한 그리운 감정을 생동감 있게 표현하였다.

〈도련도搗練圖〉

03. 밤에 수항성에 올라 피리 소리를 듣다
夜上受降城聞笛

❀ 이익李益

회락 봉화 앞에 펼쳐진 모래 눈 같이 희고
수항성 너머 떠오른 달 초겨울 서리 같이 차갑네.
어디서 들려오는 피리 소리일까?
밤새 변방 보초 병사 망향정望鄕情 일으키네.

回樂[1]烽前沙似雪, 受降城外月如霜.

不知何處吹蘆管, 一夜征人盡望鄕.

1. **회락**: 당나라 영주靈州의 행정관청이 있던 곳. 지금의 영하회족자치구寧夏回
   族自治區 영무현靈武縣 서남쪽에 있다.

회락 봉화대에 올라 멀리 쳐다보니
마치 눈이 쌓인 듯 흰 모래 들판 펼쳐져 있고,
수항성에 올라 하늘을 올려다보니
달이 마치 초겨울 서리처럼 차갑게 보이네.
아득한 밤 삭방朔方 어디선가 애절하게 피리소리 들려오는데,
누가 부는 피리일까? 보초 서는 병사들 고향 생각에 눈물을 떨구네.

❄ 감상

이 시는 변방을 지키는 병사의 애환을 그린 시다. 겨울밤 수항성에 울려퍼진 슬픈 피리소리는 성을 지키는 병사의 향수를 자극하기도 하고 마음을 달래기도 하였다.

첫 두 구는 변방 병사의 눈을 통해 북방의 겨울을 묘사하였고, 셋째 구는 병사의 귀를 통해 삭방의 쓸쓸한 분위기를 그려내었다. 마지막 구에서는 시각과 청각을 통해 흔들리는 병사의 외로운 감정을 표현하였다.

이 시는 시각과 청각 그리고 이러한 감각에 따라 일어난 감정을 담담하게 묘사함으로써 변방 병사의 망향정望鄕情을 잘 노래하였다.

❋ 작자 소개

　이익李益(746-829)은 자字가 군우君虞이며, 농서隴西 고장姑臧 (지금의 감숙성 무위현) 출신으로 주로 낙양洛陽에 거주하였다. 769년 진사에 급제하고, 하찮은 관직을 전전하다 관직을 버리고 연燕·조趙 일대를 여행하기도 했다. 이후 벼슬자리가 잘 풀려 예부상서禮部尚書에 올랐다. 변새시邊塞詩로 이름이 났고, 7언절구를 즐겨 지었다. 작품으로 〈강남곡江南曲〉, 〈종군북정從軍北征〉 등이 유명하다.

04. 류십구에게
問劉十九

❋ 백거이白居易

새로 부의주浮蟻酒 빚고
작고 소박한 붉은 진흙화로 준비하였네.
오늘 밤 눈 내릴 듯하니
함께 한잔하지 않겠는가?

綠蟻新醅酒, 紅泥小火爐.
晚來天欲雪, 能飮一杯無?

부의주 새로 빚어 신선하고
작고 소박하지만 몸을 따뜻이 해 줄 화로도 준비하였네.
오늘 밤에 마침 눈이 내린다고 하니
화로에 둘러 앉아 술이나 한잔하지 않겠는가?

※ 감상

　류십구는 백거이가 강주江州에서 지낼 적에 가까이 지낸 벗이다. 백거이는 〈류십구와 하룻밤 묵다[劉十九同宿]〉란 시에서 그를 '숭양처사嵩陽處士'라 불렀다.

　이 시의 주요 소재는 술, 화로, 눈이다. 쌀로 술을 빚으면 술이 다 되어갈 무렵 포말이 일어나는데 이 때 색채가 옅은 녹색을 띠고, 그 모습이 마치 개미가 기어다니는 것 같다고 하여 술 이름을 '녹의綠蟻(녹색 개미)'라고 하였다. 붉은 진흙[紅泥]으로 만든 작은 화로는 소박하지만 따뜻한 느낌이다.

　시인은 '녹의'와 '홍니'라는 표현을 이용하여 시각적 다채로움을 더하고자 하였다. 게다가 밤이 상징하는 흑색과 눈의 백색 등 무채색을 창 밖 배경색으로 설정하여 방 안 분위기를 더욱 따뜻하게 그렸다. 눈 내리는 추운 겨울에 따뜻한 집에서 마음 맞는 친구와 술 한잔하려는 마음이 얼마나 유쾌하게 느껴지는가?

〈동경산수多景山水〉

05. 상처한 후 동촉의 부름에 응하여 부임하다가 대산관에 이르러 눈을 만나다

悼傷後赴東蜀辟至散關遇雪

※ 이상은李商隱

검외라 종군의 길 멀고
아내도 없어 내게 겨울옷을 부칠 사람 없네.
대산관에 내린 삼척의 눈
지난날 나를 위해 베틀을 돌린 아내 생각에 젖어드네.

劍外¹從軍遠, 無家與寄衣. 散關三尺雪, 回夢舊鴛機.

1. **검외**: 중국의 사천성四川省 검각현劍閣縣 이남 지역으로 흔히 촉蜀 땅을 이른다.

혹한의 추위에 절도사 막료의 일을 맡아
검각 너머 동천으로 가는데 길은 멀기도 하다.
당신은 이제 이 세상 사람이 아니라
나를 위해 겨울옷을 지어줄 수 없구려.
쉬어가는 대산관에 또 3척이나 되는 눈이 쌓여
마음은 조급하기만 한데
옛날 옷 짜는 베틀에 앉아
나를 위해 옷을 짓던 당신을 만나는구려.

복잡한 감정을 간결한 방법으로 표현했다. 이상은이 아내를 그리워하며 절절한 마음을 표현한 시가 이 시 이외에도 몇 수가 더있다.

눈바람 거세고 아내는 세상을 떠나 이제 돌아갈 집도 없다. 게다가 눈은 3자나 내려 앞으로 헤쳐나갈 길도 험난하기만 하다. 이모든 것은 죽은 아내를 그리워하는 마음으로 귀결된다. 혹독한 겨울은 아내가 살았을 때의 애정을 돋보이게 하는 배경이 된다.

　이상은李商隱(약813-약858)은, 자字는 의산義山이고, 호는 옥계
생玉溪生 또는 번남생樊南生이다. 형양滎陽(지금의 정주 형양시)에서
태어났다. 두목杜牧과 함께 '소이두小李杜'로, 또는 온정균溫庭筠
과 함께 '온이溫李'로 칭해지며, 이하李賀·이백李白과 함께 '삼이三
李'로 칭해지기도 한다.

　이상은은 만당晚唐 시인으로서 시의 구상이 독특하고 풍격이
유려하며, 특히 애정시는 애절하여 매우 감동적이다.

　당 문종 개성開成 2년(837) 진사에 급제하여 비서성 교서랑, 홍
농위 등을 역임했지만, 이른바 '우이당쟁牛李黨爭'에 휘말려 정치
에서 배제되었으며 평생 뜻을 펴지 못했다.

06. 동대와 작별하며
別董大[1]

천 리에 누런 구름 끼어 낮에도 황혼 같은데
북풍에 기러기 다 떠나자 눈발이 흩날린다.
앞날에 알아줄 친구 하나 없을까 걱정마시오.
온 천하에 누가 그대를 알아보지 못할까?

千里黃雲白日曛, 北風吹雁雪紛紛.
莫愁前路無知己, 天下誰人不識君?

1. **별동대**: 두 수 중 첫 번째 수다.

94　당시사계, 겨울을 노래하다

하늘 천리에 누런 구름이 끼어 마치 황혼을 보는 듯한데
차가운 바람 북쪽에서 불어오자
기러기마저 떠나고 눈발도 휘날리네.
앞길에 자네 알아줄 친구 하나 없을까 걱정하지 말게나.
온 천하 사람이 그대 재주를 알아볼테니.

❋ 감상

 이 시는 고적高適이 당시 유명한 악사惡師 동정란董庭蘭과 만나 잠깐의 회포를 풀고 헤어지면서 전한 작별시다. 시는 당시 자연 경관을 묘사하면서 시작한다. 먼지 가득한 북방의 하늘은 구름마저 누렇게 변하게 하여 낮에도 마치 황혼 같은데, 북풍에 기러기까지 떠나고 눈까지 내리자 외로운 감정이 일어난다. 작별에 무슨 말이 필요할까? 나 같은 '지기知己'가 있고, 천하 사람도 그대의 재주를 알아볼 것이라 격려만 할 뿐이다.

　고적高適(704-765)은 성당盛唐의 시인이자 문관이다. 자字는 달부達夫, 중부仲夫이다. 하북성河北省 창주滄州 사람인데, 일설에는 산동성山東省 사람이라고도 한다. 749년(천보天寶 8) 진사에 급제하였다. 755년, 안록산의 난 이후 성도成都로 피난한 현종을 호송한 공으로 간의대부諫議大夫에 발탁되었다. 이후 안록산·사사명의 반란군 토벌의 공을 인정받아 발해현후渤海縣侯에 책봉되기도 하였다. 765년, 62세 나이로 사망하였고, 예부상서禮部尙書에 추증되고, '충忠'이라는 시호를 받았다.

　성격이 호방활달豪放豁達하여 청년 시절에 방랑 생활을 하다가, 나이 50을 넘겨 시를 공부하여 재능을 발휘, 격조 높은 작품이 많으며 특히 변방을 읊은 작품은 널리 애송되었다. 잠삼岑參과 함께 '고잠高岑'이라 일컫는다. 이백·두보와 친했고 특히 두보에게는 물질적 도움을 많이 주었다. 방랑 중 토번吐蕃 정벌에 공이 많은 무장 가서한哥舒翰의 눈에 띄어 벼슬길에 들었다 한다. 문집에《고상시집高常侍集》8권이 있다.

제4장

겨울과
연민

01. 추운 겨울 고향집에서
村居苦寒

✿ 백거이白居易

8년 12월

닷새째 눈이 펄펄 내린다.

대나무 측백나무 모두 얼어 죽었는데

저 옷가지 하나 없는 백성은 어떠하겠는가!

시골 마을의 집들을 둘러보니

열에 여덟아홉은 가난하구나.

북풍은 칼처럼 날카로운데

홑 솜옷으로는 몸을 가리지도 못한다.

오직 건초와 장작을 때며

시름에 겨워 앉아 밤새 새벽을 기다린다.

이제 알겠네, 큰 추위가 닥치는 해에는

농민의 고생이 더 심하다는 것을.

하지만 나는 오늘

초당 깊숙이 문을 닫아놓고.

털옷 갖옷 입고 비단 이불도 덮어서

앉거나 누워도 온기가 있다.

다행히 굶주림과 추위 면하고

또 밭에 나가 일도 하지 않는다.
저들을 생각하면 너무나 부끄러워
스스로 내가 어떤 사람인지 묻는다.

八年十二月, 五日雪紛紛. 竹柏皆凍死, 況彼無衣民!
回觀村閭間, 十室八九貧. 北風利如劍, 布絮不蔽身.
唯燒蒿棘火, 愁坐夜待晨. 乃知大寒歲, 農者尤苦辛.
顧我當此日, 草堂深掩門. 褐裘覆絁被, 坐臥有餘溫.
幸免饑凍苦, 又無壟畝勤. 念彼深可愧, 自問是何人.

원화元和 8년 (813) 12월

벌써 닷새째 눈이 펄펄 내린다.

대나무 측백나무도 모두 얼어 죽었는데

저 변변한 옷가지 하나 없는 백성은 어떠하겠는가!

시골 마을의 집들을 둘러보니

열에 여덟아홉은 가난하구나.

겨울바람은 날카로운 칼날처럼 살을 에는데

얇은 솜옷으로는 추위를 막을 수 없다.

오직 건초와 장작을 때며

시름에 겨워 앉아 밤새 새벽이 오기만을 기다린다.

나는 이제야 큰 추위가 닥친 해에는

농민의 고생이 더 심하다는 것을 알았다.

하지만 혹한 속 오늘 이 시각의 나는

초당 깊숙이 문을 꼭 닫아놓고 방 안에 들어앉아.

털옷 갖옷 입고 그 위에 비단 이불도 덮어서

앉거나 누워도 충분한 온기가 있다.

다행히 굶주림과 추위를 면할 수 있고

또 밭에 나가서 힘들게 일할 필요도 없다.

저들을 생각하면 나 자신이 너무나 부끄러워

스스로 나는 어떤 사람인지 묻는다.

❋ 감상

당 헌종 원화元和 6년(811)에서 8년까지 백거이는 모친상으로 관직을 떠나 고향집에 돌아와 있었다. 병도 잦고 생활도 어려워 원진元稹 등의 벗들에게 도움을 받기도 했다. 이 시는 이 기간 '원화 8년 12월'에 지어졌다.

당나라 중·후기는 내우외환으로 백성의 삶이 매우 고통스러웠고, 백거이는 직접 목격한 현실의 실록으로 많은 시를 남겼다. 이 시는 두 부분으로 나누어진다. 앞부분은 혹독한 겨울 속 농민의 고통을 묘사했고, 뒷부분은 상대적으로 나은 자신의 상황을 묘사하면서 농민과의 비교를 통해 부끄러움과 가책을 표현하고 있다.

중국 고전시가 가운데 대비 수법을 사용한 것이 적지 않지만, 이 시에서 보이는 것처럼 가슴속 깊이 '자문'하는 모습을 보이는 시는 드물다. 이 특징 외에도 통속적인 언어 사용, 유창한 서사, 화려한 수식이 없는 담담한 묘사, 진실한 감정 표현은 백거이 시가 특유의 통속적이고 평이한 예술 풍격을 보여주고 있다. 비슷한 시기의 한유가 겨울을 읊은 시 〈모진 추위[苦寒]〉와 비교해 보는 것도 좋을 것이다.

모진 추위[苦寒]

사계절이 각각 고르게 나뉘어	四時各平分,
한 기운이 다른 기운 차지할 수 없는데,	一氣不可兼.
혹한이 봄 차례를 빼앗으니	隆寒奪春序,
겨울의 신령 전욱도 참으로 청렴하지 않네.	顓頊固不廉.
봄 귀신인 태호가 기강을 세우지 못한 채	太昊弛維綱,
겨울 귀신 무서워 피하며 겸양만 한 나머지,	畏避但守謙.
마침내 황천 아래의	遂令黃泉下,
싹들이 구부러지고 뾰족하게 나오다가	
일찍 죽게 만들었네.	萌牙夭句尖.
초목은 더이상 나오지 못하고	草木不復抽,
온갖 곡식 쓴맛 단맛 잃었네.	百味失苦甜.
흉폭한 바람 온천지를 뒤흔들고	凶飆攪宇宙,
날카로움 침이나 칼보다 심하네.	鉗刃甚割砭.
해와 달은 비록 존귀하지만	日月雖云尊,
까마귀와 두꺼비를 살릴 수 없네.	不能活烏蟾.
희화가 해를 전송하더라도	羲和送日出,
겁에 질려 자주 몰래 살피네.	惵怯頻窺覘.
염제가 불을 관장하는 축융을 데리고	炎帝持祝融,
입김을 불어도 조금도 따뜻하게 할 수 없네.	呵噓不相炎.
내가 이 혹한의 때에 있으니	而我當此時,
따뜻한 은택을 어찌 줄 수 있겠는가?	恩光何由沾.

피부에 튼 자국 생기니	肌膚生鱗甲,
옷과 이불 칼이나 낫처럼 아프네.	衣被如刀鐮.
날씨가 추워 코는 맡을 수가 없고	氣寒鼻莫嗅,
피도 얼어붙어 주먹을 쥐려고 해도 잡을 수가 없네.	血凍指不拑.
데운 탁주가 입에 들어가나	濁醪沸入喉,
입꼬리 딱딱한 것이 집게에 잡힌 것 같네.	口角如銜箝.
숟가락과 젓가락으로 음식을 집으려하니	將持匕箸食,
손가락이 닿자마자 날카로운 꼬챙이에 잡은 것 같네.	觸指如排簽.
화로에 가까워도 온기를 못느껴	侵爐不覺暖,
타는 목탄을 이미 여러차례 더했네.	熾炭屢已添.
끓는 물에 손을 대도 아무런 도움이 되지 않거늘	探湯無所益,
하물며 풀솜과 가는 비단이겠는가?	何況纊與縑.
호랑이와 표범은 동굴 속에 빳빳이 굳었고	虎豹僵穴中,
교뢰는 벌써 깊은 못 속에 얼어죽었네.	蛟螭死幽潛.
형혹성도 길을 잃었고	熒惑喪躔次,
육룡도 수염이 얼어붙었네.	六龍冰脫髥.
광활한 천지에	芒碭大包內,
살아있는 모든 것이 다 소멸할 것같네.	生類恐盡殲.
짹짹 우는 창가의 참새	啾啾窗間雀,
자신의 울음소리 이미 미약한 줄도 모르네.	不知已微纖.
고개 들어 하늘을 향해 울며	擧頭仰天鳴,
해가 더디 지길 바라네.	所願曷刻淹.
차라리 탄환에 맞아 죽더라도	不如彈射死,

직접 탄환의 열기를 받는 편이 낫네.   却得親炰燖.

난새와 봉황도 살아남을 수 없다면   鸞皇苟不存,

너희 참새들은 말할 필요도 없겠지.   爾固不在占.

나머지 벌레는 죽더라도   其餘蠢動儔,

누가 불쌍히 여길까?   俱死誰恩嫌.

나는 만물의 영장이라 불리지만   伊我稱最靈,

너희들을 위해 거적조차 덮어줄 수 없구나.   不能女覆苫.

슬픔이 울분과 탄식을 일으켜   悲哀激憤歎,

오장육부도 진정하기 어렵네.   五藏難安恬.

한밤에 벽에 기대어 서니   中宵倚牆立,

눈물 어찌나 흘러내리는지!   淫淚何漸漸.

하늘이여! 우리 무고한 사람을 불쌍히 여겨   天乎哀無辜,

은혜를 베풀고 돌봐주소서!   惠我下顧瞻.

면류관을 걷고 귀마개를 없애기를   褰旒去耳纊,

음식을 조리할 때 매실과 소금을 쓰는 것처럼 하소서.   調和進梅鹽.

현명하고 능력 있는 사람이 날마다 등용되면   賢能日登御,

저 오만하고 간사한 사람들 쫓겨날 것이네.   黜彼傲與憸.

생명의 봄바람이 죽은 기운을 불어 흩뜨리면   生風吹死氣,

천지가 확 트인 것이 발을 걷어 올린 것과 같겠네.   豁達如褰簾.

지붕에 걸린 고드름도 점차 떨어지고   懸乳零落墮,

아침햇살도 처마로 들어오네.   晨光入前簷.

눈과 서리도 어느새 다 녹고   雪霜頓銷釋,

땅은 비옥하고 윤기 나겠지.   土脈膏且黏.

어찌 난초와 혜초만 무성하리?　　　　　　　　豈徒蘭蕙榮,

은택이 쑥과 갈대까지 미치겠네.　　　　　　　施及艾與蒹.

햇빛 아래 꽃송이는 환하게 피고　　　　　　　日葶行鑠鑠,

산들바람에 가지는 쉼 없이 흔들리겠네.　　　風條坐襜襜.

하늘이여 이렇게 할 수 있다면　　　　　　　　天乎苟其能,

내 죽어도 여한이 없네.　　　　　　　　　　吾死意亦厭.

02. 설시
雪詩

✽ 장자張孜

장안에 거센 눈발 휘몰아 쳐
새 한마리 찾아보기 어렵네.
이 사이에 부귀한 집안은
산초나무 찧어 온 벽에 칠하네.
이곳 저곳 붉은 화로 타오르고
사방 빙 둘러 비단 휘장막 늘어뜨렸네.
따뜻한 손으로 현악기 연주하고
엄지 잠기도록 술잔 가득 따르네.
취한 노랫 소리에도 여전히 백옥 같은 눈발 날리는데
가무에 지친 얼굴에는 땀방울 송송 맺혔네.
누가 알까? 배곯고 헐벗은 이들
손 발 얼어 터져 갈라지는 것을.

長安大雪天, 鳥雀難相覓. 其中豪貴家, 搗椒泥四壁.
到處爇紅爐, 周回下羅冪. 暖手調金絲, 蘸甲斟瓊液.
醉唱玉塵飛, 困融香汗滴. 豈知饑寒人, 手腳生皴劈.

한 치 앞도 분간할 수 없을 정도로 눈보라가 몰아치는 겨울의 장안

새들도 제 갈 길을 잃어 우왕좌왕한다.

이러한 때에, 부잣집은 어떠한가?

쩧은 산초나무로 도료를 만들고 온 집안 벽에 칠하여 추위를 막는다.

또 벌겋게 달궈진 화로를 여기저기 설치하여 온기를 돋우고

비단 휘장막 늘어뜨려 외풍을 막는다.

어디 그 뿐인가?

따뜻한 실내에서 잔치라도 벌이면 악사 불러 흥을 돋우고

술 잔 넘치도록 술을 따라 마음껏 취한다.

밖은 여전히 눈보라 몰아 치는데 노랫소리 끊어지지 않고

가무에 지친 얼굴에는 땀까지 흘러 내리네.

여기에 계신 영감나리들 중에 누가 알까?

눈보라 속 가난한 백성들의 삶을

혹한에 손 발 얼어터져 고통받는 이들의 삶을.

✾ 감상

혹한의 상황을 배경으로 가난한 사람과 부유한 사람의 일상생활을 대비하여 쓴 시다.

첫 두 구는 당나라 수도 장안長安의 겨울이 이 시의 배경임을 알려준다. 시인은 눈보라 몰아치는 겨울을 배경으로 한 부유한 집안의 일상생활을 노래하여 당시 장안성 내 백성의 극심한 빈부 차이를 고발하였다.

제3구에서 제10구까지 겨울에 부잣집에서 행하는 일반적인 방한활동과 사교활동을 서술하였다. 산초나무 섞은 도료를 만들어 벽에 칠하면 방한 효과가 있을뿐더러 향기롭기까지 하다. 벌겋게 달아오른 화로를 집안 곳곳에 설치하면 온기가 더해지고, 비단 휘장막을 곳곳에 설치하면 외풍까지 막는다. 게다가 따뜻한 집에서 잔치를 벌여, 악사에게 음악을 연주하게 하고, 기생에게 술을 따르게 하고서, 지쳐 땀이 흥건하도록 음주가무를 즐긴다. 그러나 눈보라 속 백성은 어떻게 사는가?

시인은 제11구와 제12구에서 장안 백성의 고통스런 삶을 지적하였다. 혹한의 겨울에 따뜻한 집에서 오락을 즐기는 이들이 생각조차 할 수 없는 백성의 힘겨운 삶을.

장자張孜(생졸년 미상)는 당나라 말기의 시인으로 경조京兆(지금의 섬서성陝西省 서안西安) 사람이다. 의종懿宗(재위:859－873)과 희종僖宗(재위:873－888) 때 활동했다. 이백李白의 시를 즐겨 읽었으며, 술을 즐겼다고 한다. 880년 황소黃巢의 군대가 낙양을 점령하고, 희종이 촉蜀으로 도망가자 정치에 환멸을 느끼고 풍자시를 지었다 한다. 이 일로 조정으로부터 수배를 당하자 성명을 바꾸고 잠적하였고, 그 이후 모습을 드러내지 않았다.

이 〈설시雪詩〉는 그가 남긴 몇 안 되는 작품 중 하나다. 〈몽이백가梦李白歌〉의 일부 시구도 전해지는데 모두 《전당시全唐詩》에 보인다.

03. 서각의 밤
閣夜

❋ 두보杜甫

세모에 일월은 짧은 해를 재촉하고

하늘을 덮은 서리와 눈은 차디찬 밤에 그쳤네.

오경의 북과 호각, 소리 비장하고

삼협의 은하수, 그림자는 일렁이네.

전란의 소식에 들판 집집마다 곡소리 들리고

어부 초부의 슬픈 노래에 여기저기 탄식소리 일어나네.

제갈량과 공손술도 황토로 돌아가고 없는데도

세상사와 먼 곳의 소식은 적막하기만 하네.

歲暮陰陽催短景, 天涯霜雪霽寒宵. 五更鼓角¹聲悲壯, 三峽星河² 影動搖.
野哭千家聞戰伐, 夷歌³數處起漁樵. 臥龍躍馬⁴終黃土, 人事音書漫寂寥.

1. **오경고각**: 동이 트지 않았을 때 기주夔州의 군대가 활동을 시작하는 것을 뜻
   한다. 두보는 당시 기주의 서각에 머물고 있었다.
2. **삼협성하**: 삼협은 구당협瞿塘峽, 무협巫峽, 서릉협西陵峽을 말하고 성하星河
   는 은하수를 말한다.
3. **이가**: 사천성의 소수민족의 노래.
4. **와룡약마**: 약마는 제갈량을 가리키며 약마躍馬는 공손술公孫述을 가리킨다.
   모두 서한 말기 천하가 어지러울 때 촉 땅에서 스스로 천자의 자리에 오르고
   는 백제白帝라고 하였다. 제갈량과 공손술의 묘가 모두 기주에 있다. 여기서
   는 현인이든 우인이든 모두 죽는다는 뜻이다.

한 해가 저무는 때 음양의 변화로 낮은 갈수록 짧아지고
온 하늘엔 서리와 눈 내리더니 한밤중에야 그쳤다.
밤이 다 가고 여명이 밝아오기도 전에
차디찬 공기 속에 북소리와 호각 소리 비장하게 울려 퍼지고
삼협 일대에 뭇 별들은 장강 물결에 비쳐 일렁인다.
전란의 소식 전해오자 장강 주위 집집마다 통곡 소리 들리고
어부와 나무꾼이 곳곳에서 부르는 오랑캐의 노래 소리 들려온다.
현명한 제갈량이든 어리석은 공손술이든 모두 흙으로 돌아가듯
나도 언제 죽을지 모르는 몸
그동안 사귀던 벗들 모두 세상을 떠나고
먼 곳 형제자매의 소식도 통 알 수가 없구나.

❊ 감상

  이 시는 두보가 대력大曆 원년元年(766, 56세) 한 해가 저물 무렵, 기주夔州 서각西閣에 임시 거처할 때 지은 7언율시이다. 당시에 촉에서는 군벌에 의한 전란이 계속 일어났고 두보의 벗들도 하나둘 세상을 떠나고 없었다. 시국에 대한 걱정과 인생의 비애감이 이 시의 주된 정조를 이룬다.

  시는 전체적으로 어느 하나 희망적인 것 없이 우울하고 비애감에 젖어 있다. 하지만 이런 분위기 속에서도 차디찬 은하수가 장강 물결에 일렁이는 모습을 보고 오경의 깊은 밤에 홀로 깨어 북과 호각 소리에 반응하는 시인은 아름다움을 알고 느낄 줄 아는 사람이다. 이것이 시인의 본분이다. 겨울은 비로소 두보에 의해 그 진면목을 드러내었다고 할 수 있다.

04. 숯 파는 늙은이
賣炭翁

✳ 백거이白居易

숯 파는 늙은이는

성 남쪽 산에서 나무 베어 숯을 굽는다.

얼굴은 온통 재투성이에 연기와 불에 그을렸고

양쪽 살쩍은 회백색이고 열 손가락은 새까맣네.

숯 팔아 돈 벌면 무엇을 할 것인가?

몸에 걸칠 옷과 먹을 음식 사겠지.

가엾게도 몸에는 얇은 홑옷 하나 입고서도

마음으로는 숯값이 떨어질까 근심하며 추워지길 바라네.

밤새 성 밖엔 눈이 한 자나 내려

새벽에 숯 수레 몰고 언 수레 자국 남기며 가네.

소는 지치고 사람은 허기진데 해는 이미 중천

시장 남문 밖 진흙 바닥에서 잠시 쉬네.

거침없이 말 타고 오는 두 사람은 누구인가?

황색 옷 사자에 백삼 입은 아이 시종.

손에는 문서 쥐고 입으로는 칙령이라 소리치며

수레 돌리고 소에게 호통치며 북으로 끌고 간다.

숯 한 수레, 천 근이 넘는데

궁궐 사자 몰고 가니 아까워도 어찌할 수 없네.

붉은 베 반 필과 비단 열 자

소머리에 걸어 주고는 숯값이란다.

賣炭翁, 伐薪燒炭南山中. 滿面塵灰煙火色, 兩鬢蒼蒼十指黑.

賣炭得錢何所營? 身上衣裳口中食. 可憐身上衣正單, 心憂炭賤願天寒.

夜來城外一尺雪, 曉駕炭車輾冰轍. 牛困人饑日已高, 翩翩兩騎來是誰?

市南門外泥中歇. 黃衣使者[1]白衫兒[2]. 手把文書口稱敕, 回車叱牛牽向北.

一車炭, 千餘斤, 宮使驅將惜不得. 半匹紅紗一丈綾, 系向牛頭充炭直.

1 **황의 사자** : 당나라 시대에 고위 품급의 환관은 황색 옷을 입기도 하였지만, 황
    제의 명을 받은 관리라는 뜻으로 황의 사자라 불렀다.
2 **백삼아** : 품급이 낮은 어린 환관이 입는 백색 옷을 뜻한다.

숯 파는 늙은이는
성 남쪽 산에서 나무 베어 숯을 굽는다.
숯을 굽다 보니 얼굴은 온통 재투성이에 연기와 불에 그을렸고
양쪽 흰 머리카락도 회백색에 열 손가락도 새까맣게 되었다.
이렇게 힘들게 숯을 구워 팔아서 돈을 벌면 무엇을 할 것인가?
추위를 견딜 몸에 걸칠 옷과 배고픔을 면할 먹을 음식 사겠지.
하지만 가엾게도 몸에는 얇은 홑옷 하나 입고서도
마음으로는 숯값이 떨어질까 근심하며 추워지기만 바란다.
밤새 성 밖엔 눈이 한 자나 내려서
새벽에 숯 수레 몰고 가니 언 수레 자국 선명하게 남는다.
소는 지치고 사람은 허기진데 겨우 도착하니 해는 이미 중천에 떠 있고
시장 남문 밖 진흙 바닥에서 한숨 돌리려 잠시 쉬네.
한데 멀리서부터 거침없이 말 타고 오는 두 사람은 누구인가?
황색 옷 입은 궁궐 사자에 백삼 입은 아이 시종이다.
손에는 궁궐에서 발행한 문서 쥐고 입으로는 칙령이라 소리치며
강제로 수레 돌리고 소에게 호통치며 북으로 끌고 간다.
숯 한 수레면 그 무게가 천 근이 넘는데
궁궐 사자가 황명을 내세우며 몰고 가니
아까워도 어찌할 수 없다.
겨우 붉은 베 반 필과 비단 열 자
소머리에 걸어 주고는 숯값이란다.

❄ 감상

숯 파는 노인의 억울한 사정을 소재로 한 사회고발 형태의 시로서, 백거이 〈신악부新樂府〉의 32번째 수이다. 백거이가 〈신악부〉를 지은 것은 당 헌종 원화元和 초년初年(806)이고, 궁시宮市(당나라 때 궁중에서 필요한 물자를 강제적으로 싼값에 수매하는 기관으로 환관이 나서서 거래했고, 그들의 돈줄이 되었으며 결국은 백성의 재산을 수탈하는 기관으로 타락했다.)의 폐해가 극심한 때였다. 궁시의 실상에 대한 정확한 파악, 백성의 삶에 대한 깊은 동정이 〈매탄옹〉을 짓도록 했다.

앞의 네 구절은 숯 파는 노인의 숯 만드는 과정이 쉽지 않음을 묘사한다. "나무를 베고[伐薪] 숯을 굽는다[燒炭]"는 복잡한 공정과 장시간의 노동 과정을 요약한다. 숯 파는 노인의 모습에 대한 묘사는 노동의 어려움을 매우 형상적으로 표현했다. 시인은 자신이 전면에 나서서 숯 파는 노인의 형편을 이야기하지 않고 문답 형식으로 제시하여 시의 묘미를 더하고, 뒤에 나오는 궁궐 사자의 약탈 행위와 선명하게 대조를 이루도록 한다.

다음으로 시인은 숯 파는 노인의 모순된 심리를 묘사한다. 한겨울 추위를 온몸으로 겪으면서도 숯값이 떨어질까 노심초사하는 숯 파는 노인의 모습은 백성의 고통을 단적으로 드러내 보여준다. 다행인지 밤사이 큰 눈이 내리고 더 추워지자 숯 파는 노인은 새벽같이 숯을 수레에 싣고 장터로 서둘러 나간다. 숯값을 더 받을 수 있을 것이라는 희망을 품고.

하지만 예상도 하지 못한 봉변을 당한다. '편편翩翩'이라는 두 글자는 본래 출중하고 시원스러운 자태를 형용하는 것이지만, 여기에서는 풍자와 조롱의 의미를 담아 안하무인의 두 사람을 부각시킨다. 백거이는 당시 황실이 물품을 마련하는 것을 조달이 아니라 수탈이라고 말했다. 불합리한 상황 속에서 숯 파는 노인을 동정하고 통치자를 증오하는 마음이 저절로 일어난다. '궁시'를 비판하려는 시인의 창작 의도도 예기한 효과를 거둔다.

이 시의 예술적 특징은 백묘白描(문학 작품의 간략하고 단순한 묘사법) 수법의 성공적인 운용과 시 중 인물의 외모와 내면에 대한 섬세한 묘사에 있다.

05. 종군행

從軍行

※ 양형楊炯

봉화불 서경을 비추니
마음은 절로 불편하네.
장군은 봉궁을 떠나자마자
기병으로 용성을 둘러 포위하리라.
눈발 어지러운 가운데 깃발은 바래고
바람 거센 가운데 북소리 섞여 있네.
차라리 백부장 되는 것이
일개 서생 되는 것보다 낫네.

烽火照西京, 心中自不平. 牙璋[1]辭鳳闕, 鐵騎繞龍城.
雪暗凋旗畫, 風多雜鼓聲. 寧爲百夫長, 勝作一書生.

1. **아장**: 옛날 군대를 출동시킬 때 사용한 부절로,
   양쪽으로 쪼개어 천자와 장수가 각각 나누어 가
   졌다. 쪼갠 부분이 이빨 모양으로 생겼기 때문에
   아장牙璋이라고 한다. 여기서는 천자의 명을 받들
   고 출정하는 장수를 말한다.

〈아장牙璋〉

봉화불 장안을 밝게 비추니
분노의 마음 절로 일어나네.
생각건대, 장군은 천자의 명을 받들어 황궁을 떠나
천리마를 타고 어느새 용성에 도착해
물샐 틈 없이 적을 에워쌀 것이네.
잠시 후 대설이 어지럽게 휘날려
용맹을 알리는 깃발도 제대로 보이지 않겠지만
사나운 바람 속에서도 진군의 북소리는 의연하리라.
내 일개 백부장 되어 나라 위해 목숨 바칠지언정
글이나 읽고 문장이나 다듬는 서생은 되지 않으리!

❀ 감상

　양형은 당나라 왕발王勃·노조린盧照鄰·낙빈왕駱賓王과 함께 초기 유약하고 향락적인 시풍을 혁신한 초당사걸初唐四傑 중 한 사람이다. 특히 이 시는 초당시풍을 내용과 형식면에서 개척하고 혁신했다고 평가받고 있다.

　전체 시는 작자가 서책을 내던지고 전쟁터에 나가게 된 과정을 중간의 사정은 언급하지 않고 전형적인 몇 장면만을 통해 묘사하고 있다. 3구에서 수도 장안을 떠나는 이야기에 이어 4구에서는 벌써 이미 적을 포위하는 장면을 연출함으로써 생략과 도약跳躍의 표현기법을 발휘하고, 5·6구에서는 격렬한 전투장면을 경물묘사를 통해 간접적으로 전달하고 있다.

　늘 궁중의 향락적인 제재로 시를 즐겼던 당시 시단에 신선한 충격이었을 것이다. 이 시에 묘사된 눈과 겨울은 당시 조정의 따뜻하기만 한 분위기를 일신하는 격정과 질책이었을 것이다.

　초당사걸은 당시의 유약하고 향락적인 시풍을 유약함과 아름다운 시풍과 궁중의 향락생활을 시의 주된 내용으로 한 상관체上官體 시풍을 벗어나 도시와 변방으로 시의 내용을 넓히고 청신하고 강건한 시풍을 펼쳐내어 시에 새로운 생명을 불어넣었다고 평가된다.

　양형의 이 시도 초당시의 새로운 기풍을 열었다는 측면에서 가작이라고 할 수 있다. 특히 이 시는 댓구, 평측, 기승전결의 구도 측면에서 성숙한 오언시라 평가되며 위진남북조 제齊나라와

양梁나라의 유약하면서도 화려한 시풍을 일소하여 오언율시의 발전을 촉진시켰다고 평가받는다. 양형은 이 시에서 나라에 공업을 세우기를 바라는 강한 바람 아래 필력은 웅건하고 감정은 호방하고 솔직하다.

❄ 작자 소개

양형楊炯(650 – 693)은 당나라 초기 시인으로, 12살에 신동과神童科에 급제하여 교서랑이 되었다. 변려문駢儷文*을 잘 짓고 오언율시五言律詩에 뛰어났다. 그의 시는 내용과 풍격에서 위진남북조 제나라와 양나라의 화려한 궁정시풍을 타파했다는 평가를 받는다. 30여 수의 시가 남아있다. 시문집으로 《양영천집楊盈川集》 10권이 있다.

---

* **변려문**: 중국의 육조와 당나라 때 성행한 한문 문체로 4언구와 6언구로 된 구를 기본으로 하기때문에 사륙문四六文이라고도 한다. 변려문의 특징으로는 대구의 사용이 두드러지고, 4언구 6언구의 활용, 평측과 압운의 사용, 전고典故의 활용 등을 들 수 있다.

제5장

겨울과
호방함

새하곡
사냥을 보면서
고종군행

01. 새하곡

塞下曲[1]

달빛도 없는 캄캄한 밤에 기러기 높이 날고
적장 선우는 밤이 되니 달아난다.
빠른 기마병 이끌고 쫓아가려니
큰 눈이 궁도에 가득 쌓인다.

月黑雁飛高, 單于[2]夜遁逃.
欲將輕騎逐, 大雪滿弓刀[3].

1. **새하곡**: 네 수 중 세 번째 수다.
2. **선우**: 흉노의 수령을 뜻하는데, 여기에서는 침입자를 가리킨다.
3. **궁도**: 활처럼 굽은 군도軍刀다.

달빛도 없이 참참하고 거센 바람 부는 밤에
잠자던 기러기들이 이상한 소리에 깜짝 놀라 높이 날아가고
적군을 거느리던 적장 선우가 밤을 틈타 부대를 이끌고 달아난다.
빠른 기마병 뽑아 이끌고 쫓아가려 준비하는 사이에
한바탕 큰 눈이 내려 순식간에 궁도에 가득 쌓인다.

　노륜의 〈새하곡〉 연작시連作詩 가운데 세 번째 시이다. 노륜은 막부의 판관을 지내며 군 생활을 한 경험이 있어서 이러한 생활을 묘사한 시가 비교적 충실하고 풍격이 웅건하다.

　앞 두 구절은 적군의 도주를 묘사했다. 달이 구름에 가려진 칠흑 같은 밤에 잠을 자던 기러기가 놀라 높이 날아간다. 캄캄하고 바람 부는 한밤중에 적군은 슬며시 도주한다.

　뒤 두 구절은 장군이 적을 추격할 준비를 하는 장면으로 기세가 범상치 않다. 장군은 적군이 몰래 도주하는 것을 발견하고 가벼운 무장을 갖춘 기병을 이끌고 추격하려 한다. 막 출발하려 할 즈음에 한바탕 큰 눈이 내려 순식간에 궁도 위에 눈이 수북이 쌓였다. "큰 눈이 궁도에 가득 쌓인다."라는 마지막 구절은 엄혹한 겨울 풍경을 묘사한 것으로 전투의 고난과 병사들의 정신을 훌륭하게 표현하고 있다.

　이 시는 큰 눈을 무릅쓰고 적을 추격하는 과정이나 격렬한 전투 장면이 등장하지는 않지만, 노륜의 절묘한 묘사는 상상의 공간을 크게 열어주고 있다. 노륜은 형상과 시기를 포착하는 데 뛰어나서, 전형적인 형상과 예술적 효과가 가장 절정에 이른 시각을 포착하여 표현했다.

❄ 작자 소개

　노륜盧綸(739-799)은 자字가 윤언允言이고, 하중河中 포주蒲州 (지금의 산서山西 영제현永濟縣) 사람이다. 시인으로 대력십재자大曆十才子* 가운데 하나이다. 당 현종 천보天寶 말부터 대종 대력大曆 초까지 여러 번 과거에 응시했지만 모두 급제하지 못하였다. 안사의 난 때 남쪽 파양鄱陽에 피난하였다. 덕종 건중建中연간에 혼감渾瑊에게 발탁되었고, 재상 원재元載가 노륜의 문학적 재능을 높이 평가하여 문향위閿鄉尉 벼슬을 얻었다. 《노호부시집盧戶部詩集》이 있다.

---

* **대력십재자**: 노륜盧綸, 길중부吉中孚, 한굉韓翃, 전기錢起, 사공서司空曙, 묘발苗發, 최동崔峒, 경위耿湋, 하후심夏侯審, 이단李端 등 10명 가운데 한 명이다.

02. 사냥을 보면서
觀獵

✳ 왕유王維

바람 거세고 각궁이 우는데
장군은 위성에서 사냥하네.
풀은 마르고 매의 눈이 매서우며
눈이 다 없어지니 말발굽이 가볍도다.
어느새 신풍의 시장을 지나서
세류의 군영으로 돌아왔네.
활로 독수리 잡은 곳을 돌아보니
천리 저녁구름이 평평하구나.

風勁角弓鳴, 將軍獵渭城¹. 草枯鷹眼疾, 雪盡馬蹄輕.
忽過新豐²市, 還歸細柳³營. 回看射雕處, 千里暮雲平.

1. **위성**: 중국 섬서성陝西省 함양시咸陽市 경내의 옛 지명으로, 진秦나라의 수도 함양咸陽 근처의 옛 성이다.
2. **신풍**: 중국 섬서성 서안시西安市 파교구灞橋區 인근의 옛 지명으로, 항우項羽 가 관중關中을 정벌하기 위해 유방과 대치한 곳이며, 홍문연鴻門宴이 이곳에 서 일어났다.
3. **세류**: 중국 섬서성 함양시 인근의 옛 지명으로, 한漢 문제文帝 때 흉노가 침입 하자 주아부周亞夫가 이곳에 군영을 설치하고 흉노를 저지했다.

바람이 세차게 불어 각궁이 우니
장군이 위성에서 사냥을 나간다.
늦겨울에 풀이 마르고 매의 눈이 날카로우며
눈이 다 사라지니 말발굽이 가벼워져
사냥 나가기 좋은 시절이다.
사냥을 마치고 순식간에 신풍의 시장을 거쳐
세류의 군영으로 달려와
사냥한 곳을 돌아보니
저녁구름이 평평하게 뒤덮히고 바람이 평온해졌다.

※ 감상

　이 시는 왕유의 전기 작품으로 강건하고 힘찬 풍격이 특징이다. 시의 내용은 일반적인 사냥에 불과하지만 격정적이고 호쾌한 기운이 느껴져 그 예술적 기법에 감탄하게 된다.

　바람소리와 각궁소리가 서로 상응하여 바람의 힘은 활줄의 진동으로 울리니, 거센 바람 속에서 사냥을 하는 것은 장군의 뛰어난 사냥 솜씨를 나타낸다. 당시는 늦겨울로 평원의 풀이 말라붙고 쌓인 눈이 다 없어져 봄의 기운이 다가오니 말발굽이 가볍다고 표현했다. 여기에서 왕유는 사냥감을 추적하는 모습을 직접 표현하지 않고 은연중에 나타내어 시적인 느낌을 드러냈다. 또한 같은 의미를 표현하는 듯하며 물 흐르듯 대구를 이루어 감각적인 인상을 준다.

　신풍과 세류는 멀리 떨어져 있었는데 잠깐 동안 지나 세류의 군영으로 향했다고 하니 순식간에 질주하는 느낌이 든다. 특히 세류는 전한前漢의 명장 주아부周亞夫*가 주둔했던 곳으로 독자가 사냥 나간 장군도 마치 그와 같은 기세가 있는 것으로 여기게 한다. 이러한 감상은 경치로 끝을 맺는데 돌아와 멀리 사냥터를 바라보자 구름이 평평한 것을 보면 바람이 그친 것을 알 수 있다. 이는 처음의 거센 바람과 호응하여 사냥 나갈 때의 긴장된 분위기가 사냥에서 돌아온 다음의 평온함으로 전환되는 모습을 표현한 것이다.

　전체를 종합해 보면 직접적인 묘사를 숨김으로써 은은한 감각을 나타내면서도 그 배경을 섬세하게 묘사하여 감정을 전달하였다. 이는 각 과정을 대비하여 조화를 이루고 언어 밖에서 보이는 모습을 통하여 호쾌한 정서를 표현한 것이다. 따라서 이 시는 성당盛唐의 빼어난 작품으로 꼽을 만하다.

---

* **주아부**(?-B.C. 143): 중국 전한의 관료다. 개국공신 주발周勃의 아들로, 본래 작위가 없었으나 형 주승지周勝之가 죄를 지어 작위를 박탈당한 뒤 주아부가 아버지의 작위를 이었다. 문제文帝 때 흉노를 방어한 공으로 집금오執金吾가 되었고, 문제 사후 거기장군車騎將軍이 되었다. 이후 오초칠국의 난을 진압하여 관직이 승상에 이르렀으나 경제景帝와 틈이 벌어졌고, 말년에 아들의 죄에 연좌되어 심문받다 곡기를 끊고 굶어 죽었다.

03. 고종군행
古從軍行

※ 이기李頎

낮에는 산에 올라 봉화를 살펴보고
황혼에는 말에게 물 먹이러 교하로 가네.
병사의 조두소리에 바람 먼지는 어둡고
공주의 비파곡조에 원망이 많네.
드넓은 평원에 구름은 만 리에 뻗고 성곽은 보이지 않으며
비와 눈은 어지럽게 내려 광대한 사막을 덮었네.
서역 변방의 기러기는 슬피 울며 매일 밤하늘을 날아가니
적국의 병사들도 두 줄기 눈물 흘리네.
듣자하니, 옥문관도 오히려 길이 막혔다니
목숨 바쳐 장군의 수레 쫓아야겠네.
해마다 병사들의 해골 황량한 들판에 묻히는데
서역 포도가 한나라로 들어오는 것만 헛되이 보이네.

白日登山望烽火, 黃昏飮馬傍交河. 行人刁斗[1]風沙暗, 公主琵琶幽怨多.
野雲萬里無城郭, 雨雪紛紛連大漠. 胡雁哀鳴夜夜飛, 胡兒眼淚雙雙落.
聞道玉門猶被遮, 應將性命逐輕車. 年年戰骨埋荒外, 空見蒲桃入漢家.[2]

134 당시사계, 겨울을 노래하다

〈조두刁斗〉

1. **조두**: 옛날 야전용 취사 솥이다. 곡식 1말[斗]을 담을 수 있다. 낮에는 이것을
사용해 밥을 짓다가 저녁이면 이것을 두드려 경계시키거나 시간을 알렸다.

2. **聞道玉門猶被遮⋯⋯空見蒲桃入漢家**: 《사기史記》〈대원열전大宛列傳〉에 다음
과 같은 사실이 전한다. 한 무제 태초 원년에 이광리가 이사장군이 되어 대원
을 치러 갔는데, 이광리는 결국 대원국을 정복하지 못하고 갖은 고생 끝에 돈
황으로 돌아와 무제에게 글을 올렸다. "길은 멀고 식량은 거의 떨어져 병사들
은 싸울 것을 걱정하지 않고 굶주릴 것을 걱정합니다. 군사가 적어 대원을 함
락시킬 수 없습니다. 바라건대, 잠시 군사를 거두었다가 증원하여 다시 나갈
수 있기 원합니다." 천자가 이 소식을 듣고 매우 노하여 사신을 보내 옥문관을
막게 하고는 말했다. "감히 옥문관으로 돌아오는 군사가 있으면 참수하라."
이사장군은 두려워서 돈황에 머물렀다.

낮에는 산에 올라 오랑캐의 침입을 알리는 봉화가 피어오르는지 살피고
황혼이 지는 무렵에는 교하 물가에 가서 말에게 물을 먹인다.
밤에는 바람에 날리는 모래가 하늘을 덮고 사방은 칠흑 같이 어두운데
야경을 도는 병사의 조두소리와
오손국烏孫國으로 시집간 한나라 공주의 깊은 원망과
탄식 소리 같은 비파소리만 들려온다.
사방을 둘러보니 황량한 벌판에 구름은 만리를 덮었고
의지할 만한 성이라곤 없는데
저 광활한 사막까지 비와 눈은 분분히 내리네.
이런 가운데 변방 하늘에 밤마다 기러기는 슬피 울며 남쪽으로 날아가고
이곳에서 나고 자란 적의 병사들도 두 줄기 눈물 방울방울 흘리네.
듣자하니 집으로 돌아가는 길인 옥문관도 막혀
경거장군을 따라가서 적군과 싸우다 죽는 수밖에 없다지.
해마다 병사들의 시체는 황량한 벌판에 묻히지만
얻는 것이라곤 서역의 포도만 우리 한나라로 들어올 뿐이다.

✵ 감상

　우선 이 시를 이해하기 위해 교하의 위치와 기후를 알 필요가
있다. 교하는 당나라 수도 장안에서 직선코스로 2,000km가 넘는
곳인 현재의 투루판시 서쪽에 위치한다. 장안에서 출발하여 난
주蘭州를 거쳐 하서회랑의 좁고 기다란 고원평지를 거쳐 타클라
마칸 사막 북쪽으로 한참을 가야 나오는 곳이다. 서쪽으로 지금
의 카자흐스탄과 멀지 않다. 이곳은 전형적인 대륙성 온난사막기
후로 일조량은 많고 강수량은 적으며 강한 바람이 많은 것으로
유명한다. 그래서 '불타는 곳[火洲]', '바람창고[風庫]'라는 별명이
있을 정도다. 여름에는 최고 영상 49도까지 올라가고 겨울에는
최저 영하 28도까지 내려가는 지역으로 기후의 연교차가 매우
심하다.

　전체 시는 12구로 되어 있고, 4구를 한 단위로 시적 의미가 전
개된다. 또 전반부 11구는 마지막 12구의 의미를 두드러지게 배
치하였는데 그 묘미가 있다. 전쟁의 이유가 고작 서역의 포도를
한나라로 옮기기 위해서이듯 작은 이익을 위해 당 왕조는 백성
들을 전쟁터로 몰아 헛된 목숨을 희생하고 있다.

　문명은 확장의 성질을 품고 있다. 한나라와 당나라는 자신의
문명을 확장시키기 위해 끊임없이 주변국과의 전쟁을 수반했다.
확장과 전쟁이 문명의 필연이라면 백성의 동원도 필연이고, 백성
의 고통과 사망도 필연이다.

"해마다 병사들의 해골 황량한 들판에 묻히는데, 서역의 포도가 한
나라로 들어오는 것만 헛되이 보이네."

문명의 필연이 가져다 주는 결과물은 초라하기만 하다.
음성의 조화라는 측면에서 성모聲母의 중복, 글자의 중복, 구
절의 처음 같은 글자의 반복 등은 시의 의미를 강조시켜줄 뿐 아
니라 음절미를 살려주는 측면도 있다.

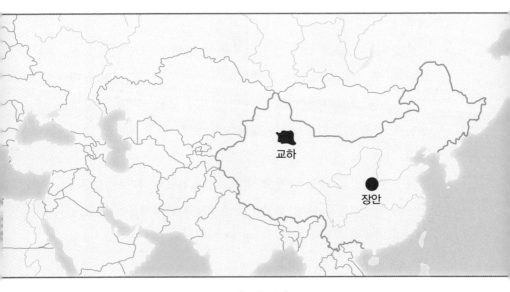

〈교하 지도〉

✳ 작자 소개

　이기李頎(690-751)는 성당盛唐시기 시인으로, 영양潁陽(지금 하남성 등봉현登封縣) 사람이다. 개원開元 23년(735) 진사가 되고, 신향현위新鄉縣尉(지금 하남성 신향현新鄉縣)를 맡았다. 관직에 오래 있지 못하고 고향으로 돌아가 은거했다. 7언 가행체歌行體 시와 변새시에 뛰어났으며 시풍은 호방하며 왕유, 고적, 왕창령 등의 시인과 교유했다. 작품집으로《이기집李頎集》이 있다.

제6장

겨울과
시간의식

벗들과 함께 현산에 오르다
늦겨울 매화
제야에 석두역에 묵다
제야에 짓다

01. 벗들과 함께 현산에 오르다
與諸子登峴首

❀ 맹호연孟浩然

인간 세상 끝없이 돌고 도니
보내고 맞이한 시간이 고금 역사가 되었네.
강산에 남겨진 명승고적
우리가 다시금 와 보았네.
물이 빠지자 어량 바닥 드러나고
날씨 추워지자 운몽택이 더욱 그윽하네.
양공 비석은 여전히 우뚝한데
비문 읽으니 자연스레 눈물 흘러 몰래 옷자락으로 훔치네.

人事有代謝, 往來成古今. 江山留勝跡, 我輩復登臨.
水落魚梁淺, 天寒夢澤深. 羊公碑尙在, 讀罷淚沾襟.

2 당시사계, 겨울을 노래하다

인간사 흘러간 시간 강물 같아 되돌릴 수 없으나
계절처럼 순환하여 끊임없이 돌고 돌기에
내가 세상에 와 보내고 맞이한 시간이
바로 고금의 역사라고 할 수 있으리라.
강산에 과거부터 남겨진 명승고적을
우리가 지금 다시 와서 구경하네.
고개를 들어 경치를 구경하는데
계곡 시내는 물이 빠져 어량 놓은 흔적이 뚜렷이 보이고
멀리 운몽택은 초겨울 안개 짙게 끼어 신비로움이 감도네.
서진 명장 양호羊祜 공적비에 도착하니 비석 여전히 우뚝한데
아! 나는 세상에 무슨 공적을 세웠던가?
이름 없이 시간 속에 묻힐거라 생각하니
절로 눈물만 흐른다.

※ 감상

    현산峴山은 양양襄陽(지금의 호북성湖北省 소재)의 명승지다. 맹
호연은 삶의 대부분을 양양성襄陽城 남쪽 현산 부근에서 살면서
독서讀書와 시작詩作 활동으로 소일하였다. 때로 여러 벗과 함께
현산에 세워진 서진西晉 명장 양호羊祜(221-278) 공적비를 찾아
가곤 했는데, 시인은 이 시에서 산에 오르면서 든 생각과 본 풍
광 그리고 스스로에 대한 회한을 노래하였다.

    첫 두 구절에서 시인은 대자연의 운행을 이야기하면서 독자를
역사라는 거대한 시공간 속으로 안내하였다. 그리고 다음 구절
에서 역사 속에 존재했던 한 영웅이 현산에 남긴 유적으로 독자
를 이끈다. 산길을 가며 바라본 초겨울 풍광은 인간이 거대한
자연의 운행 속에서 순응하며 살아가는 존재임을 다시 한 번 깨
닫게 한다. 이러한 깨달음은 시인에게 위기감을 느끼게 하였다.
양호처럼 공을 세우지 못하면 역사에 이름이 남지 않을 것이라
는 위기감이다. 양호 공적비를 읽고 눈물을 흘린 까닭은 바로 여
기에 있다.

　맹호연孟浩然(689-740)은 본래의 이름이 호浩이고, 자字가 호연浩然이며, 양주襄州 양양襄陽(지금의 호북성 양양) 사람이다. 산수전원파山水田園派 시인으로 유명하다. 어려서 세상을 다스리는데 뜻을 두어 학문에 전념하다가, 40세에 장안長安으로 가서 과거에 응시하지만 낙방하여 고향으로 돌아와 은둔생활을 하였다. 개원開元 25년(737)에 재상宰相 장구령張九齡의 부탁으로 잠시 그의 밑에서 일한 것 이외에는 관직에 오르지 못하고 불우한 일생을 지냈다.

　맹호연의 시는 대부분 5언시이다. 산수전원과 은거의 흥취 및 오랜 기간 타향을 떠돌며 느낀 감회를 표현한 시를 많이 썼다. 특히 시는 독특한 예술적 경지에 이르러 왕유와 함께 왕맹王孟이라 불린다. 《맹호연집孟浩然集》 3권이 전한다.

02. 늦겨울 매화
早梅

❀ 장위張謂

매화 한 그루, 백옥 같은 가지
저 멀리 마을 길 따라 흐르는 시내 다리 곁에 꽃을 피웠네.
시내에 가까워 일찍 꽃봉우리 터뜨린 줄 모르고
겨우내 가지에 쌓인 눈이 미처 녹지 않았나 하였네.

一樹寒梅白玉條, 迴臨村路傍溪橋.
不知近水花先發, 疑是經冬雪未銷.

백옥 같은 가지의 매화나무 한 그루
마을로 이어진 시냇가 다리 옆에서 흰 꽃을 피웠네.
겨우내 가지에 쌓인 눈이 미처 녹지 않아
백옥 같은 눈이 맺혔나 여겼는데,
다시 보니, 시내가 가까이 있어
일찍 희디 흰 꽃봉우리 터뜨린 것이었다네.

※ 감상

    예로부터 매화梅花는 시작詩作 소재로 자주 쓰였다. 겨울 내내 인내하다가 눈이 다 녹지 않은 초봄에 순백의 꽃을 피우는 매화는 고결한 마음과 곧은 절개를 상징하기도 하였다. 장위 역시 추위 속에서 꽃을 피운 매화를 노래하였지만, 매화의 이러한 상징에 천착하지는 않았다. 우연히 늦겨울에 일찍 꽃을 피운 매화를 만난 기쁜 감정을 시로 풀어낸 것이다.

    제1·2구에서는 늦은 겨울에 꽃핀 매화를 발견한 시인의 모습을 상상할 수 있고, 제3·4구에서는 눈 같고 백옥 같은 순결한 매화를 멀리서 바라보며 감동한 시인의 마음을 느낄 수 있다.

    시가 짧고 내용이 단순한 것 같지만, 시인은 이른 매화를 대하는 자신의 마음을 담담한 필법을 통해 운치 있게 그려내었다.

　장위張謂(약711-약780)는 자字가 정언正言이며, 하내河內(지금의
하남성 심양沁陽) 출신이다. 천보天寶 2년(743)에 진사가 되었다. 이
후 상서랑尙書郞, 담주자사潭州刺史, 예부시랑禮部侍郞을 역임했다.
　시의 풍격이 청정淸正하고 의미가 깊다. 연회에서 송별하면서
지은 시가 많다. 대표작으로 〈조매早梅〉, 〈소릉작邵陵作〉, 〈송배시
어귀상도送裴侍御歸上都〉가 있는데 〈조매早梅〉가 가장 유명하다.

03. 제야에 석두역에 묵다
除夜宿石頭驛

✿ 대숙륜戴叔倫

내 여관방을 누가 찾아주랴?

차가운 방에 외로운 등불만이 내 벗이 되었네.

오늘이 한 해 마지막 밤인데

만리 밖에서 떠돌다 고향에 돌아가지 못했네.

쓸쓸하니 지나간 일이 서글프고

지리한 내 신세 우습기만 하네.

근심 가득한 얼굴, 세어버린 머리카락으로

내일 또 새해를 맞이하겠네.

旅館誰相問? 寒燈獨可親. 一年將盡夜, 萬里未歸人.

寥落悲前事, 支離笑此身. 愁顔與衰鬢, 明日又逢春.

고향 떠나 떠도는 나그네의 여관방, 누가 찾아와 위로해 줄까?
차가운 방에 홀로 들어와 등불을 밝힌다.
섣달 그믐날 밤에 방 안에 홀로 앉으니
올해도 돌아가지 못했다는 서글픈 생각에
깊은 회한이 마음속에서 일어난다.
지나온 날들이 주마등 같이 스쳐 지나가니 쓸쓸한데
병치레 하는 처량한 내 처지가 우습기만 하네.
근심으로 주름진 얼굴, 고민으로 세어버린 머리카락 한 채
지금까지 그랬던 것처럼 내일 또 새해를 맞이하겠지.

※ 감상

제목의 석두역石頭驛은 장강長江 연안의 역으로 지금의 호북성湖北省 적벽시赤壁市 서북쪽에 위치한다. 이 석두역은 장강을 따라 하류로 향하는 길목에 위치하였기에 관리, 상인, 여행객 등 많은 사람들이 머물렀던 곳이다. 시인 이백李白도 "당신이 석두역에 도착한다면, 편지 써서 황학루에 기별해 주시오.[君至石頭驛, 寄書黃鶴樓.]"라는 싯구를 남기기도 하였다.

대숙륜戴叔倫은 53세 때 무주자사撫州刺史에 제수되었는데, 이 시는 그 당시에 쓴 시다. 대숙륜은 관리로 지내면서 자신의 포부를 펼쳐 치적을 쌓기도 했지만, 만년에 무고를 당해 고초를 당하기도 하였다. 이후 자신의 뜻을 펼칠 수 없을 뿐더러 질병까지 가지게 되자, 지나간 일이 서글프고 병으로 힘들어 하는 자신이 우습고 처량하게 느껴질 수밖에 없었다. 장강 하류 금단金壇이 고향인 시인이 제야에 고향을 떠올리며 쓴 이 시는 오랫동안 고향을 떠나 사는 이들이 가질 수 있는 보편적 감정이므로 약 1200년 후에 사는 우리에게도 진한 감동을 일으킨다.

❄ 작자 소개

　대숙륜戴叔倫(732-789)은 자字가 유공幼公이며, 윤주潤州 금단金壇(현재 강소성 금단현) 사람이다. 당 덕종德宗 정원貞元(785-805) 연간에 진사가 되었다. 사회 모순을 고발하거나 백성의 고통스런 삶을 이야기한 악부시樂府詩를 잘 썼다. 〈여경전행女耕田行〉, 〈둔전사屯田詞〉 등이 유명하다.

　이 밖에 아름답고 참신한 경물시도 남겼는데, 경물시에 대해 "시가의 정경은 마치 밭에 볕이 들고, 미옥美玉에서 안개가 피어오르듯이 멀리서는 바라볼 수는 있지만 눈앞에서는 알아 챌 수 없는 것과 같다.[詩家之景, 如蘭田日暖, 良玉生煙, 可望而不可置於眉睫之前也.]"라고 주장하였다. 작품 모음집으로 명대明代 시인이 편집한 《대숙륜집戴叔倫集》이 있다.

04. 제야에 짓다
除夜作

❀ 고적高適

여관의 차가운 등불에 홀로 잠 못 들고
나그네 마음 어쩐 일로 처연해질까?
고향 친척들은 오늘 밤 천리 밖 나를 생각하겠고
서리맞은 귀밑머리 내일 아침이면 또 새 한해가 시작되겠지.

旅館寒燈獨不眠, 客心何事轉凄然?
故鄉今夜思千裏, 霜鬢明朝又一年.

홀로 여관방에 누웠더니
차가운 불빛이 날 비추어 오랫동안 잠 못든다.
무엇 때문에 내 마음은 처량한 마음에 젖어들까?
고향 친척들은 오늘 밤 천 리 밖을 떠도는
내 이야기를 하며 걱정할 것이다.
내 귀밑머리는 이미 희끗희끗해졌고
내일 아침이면 또 한 해가 시작되겠지.

🌸 감상

　고적은 성당盛唐시기 변새시邊塞詩의 뛰어난 작자로서 웅장하고 호방한 시풍으로 유명하다. 반면 이 시는 고적의 시풍에 있어 다른 측면이라고 할 수 있다. 이 시는 대략적으로 천보天寶 9년 (750) 세모歲暮 고적 46세에 계북薊北(지금의 북경 동쪽 계주구薊州區)으로 병사들을 보내러 갔을 때 여관에서 지은 시라고 한다. 제목에 나타난 제야나 시의 첫 구에 등장하는 여관, 등불만으로도 시는 외로움과 추억에 젖어든다. 이 시에서 고향에 대한 그리움을 반대 측면에서 이야기하여 훨씬 그 여운을 깊게 만들고 있는데, 이런 수법은 중국 고전시에서 흔히 사용하는 것이다. 왕유王維의 시를 참조해보자.

홀로 타향에서 외로운 나그네 되어	獨在異鄉爲異客,
매번 명절 맞이할 때마다	
부모님을 생각하는 정 배가 되네.	每逢佳節倍思親.
멀리서 알겠지. 형제들 높은 곳에 올라	遙知兄弟登高處,
머리에 수유 열매 돌려 꽂다가	
한 사람 모자라다는 것을.	偏揷茱萸少一人.

　　　　　　　－ 〈구월구일 산동의 형제를 그리워하며
　　　　　　　　[九月九日憶山東兄弟]〉 중에서

〈동경산수도冬景山水圖〉

편역

삼호고전연구회三乎古典研究會

    태동고전연구소(지곡서당) 졸업생이 주축이 되어 2010년부터 중국 고전을 현대인의 독법에 맞게 번역하고 그 의미를 공부하는 모임이다. 삼호三乎는 《논어》〈학이〉 제1장 '불역열호不亦悅乎', '불역락호不亦樂乎', '불역군자호不亦君子乎'의 세 '호乎' 자를 딴 것이다. 뜻을 같이하는 사람이 함께 모여 즐겁게 공부한다는 의미를 담고 있다.

강민우姜玟佑

    서울 출생
    한남대학교 사학과 졸업
    성균관대학교 대학원 사학과 석사졸업
    성균관대학교 대학원 사학과 박사 수료
    태동고전연구소 수료

권민균權珉均

    부산 출생
    동아대학교 중어중문학과 졸업
    고려대학교 대학원 사학과 석사·박사 졸업
    태동고전연구소 수료
    부산대·동아대·부경대 강사
    공주대 사학과 조교수

김자림金慈林

    서울 출생
    추계예술대학교 동양화과 학사·석사 졸업
    성균관대학교 대학원 동양철학과 박사 수료
    (사)인문예술연구소 연구원
    그림작가

서진희徐鎭熙

    부산 영도 출생
    서울대학교 미학과 학사·석사·박사 졸업
    태동고전연구소 수료
    홍익대 초빙 교수
    서울대·성균관대 강사

번역서
    《인문정신으로 동양예술을 탐하다》(2015)

차영익車榮益

경남 삼천포 출생
고려대학교 중어중문학과 학사·석사·박사 졸업
태동고전연구소 수료
한림대학교 태동고전연구소 연구교수

번역서
《순자교양강의》(2013), 《리링의 주역강의》(2016)

도판 자료 소장처

참고자료

- 《만고제회도상萬古際會圖像》
- 《중국역대인물상전中國歷代人物像傳》

당시사계唐詩四季 겨울을 노래하다

2023년 4월 17일 초판 1쇄 발행

편역	삼호고전연구회

발행인	전병수
편집·디자인	배민정
발행	도서출판 수류화개
	등록 제569-251002015000018호 (2015.3.4.)
	주소 세종시 한누리대로 312 노블비지니스타운 704호
	전화 044-905-2248
	팩스 02-6280-0258
	메일 waterflowerpress@naver.com
	홈페이지 http://blog.naver.com/waterflowerpress

ⓒ 도서출판 수류화개, 2023

값 15,000원
ISBN 979-11-92153-13-1(03820)